ダイヤル７をまわす時

泡坂妻夫

かつて戸根市に存在した暴力団・北浦組と大門組は、事あるごとにいがみ合っていた。そんなある日、北浦組の組長が殺害される。鑑識の結果、殺害後の現場で犯人が電話を使った痕跡が見つかった。犯人はなぜすぐに立ち去らなかったのか、どこに電話を掛けたのか？　正統派犯人当て「ダイヤル７」。船上で起きた殺人事件。犯人はなぜ死体の身体中にトランプの札を仕込んだのか？　トランプの名品〈ピーコック〉をめぐる謎を描く「芍薬に孔雀」など７編。貴方は必ず騙される！　奇術師としても名高い著者が贈る、ミステリの楽しみに満ちた傑作短編集。

ダイヤル7をまわす時

泡　坂　妻　夫

創元推理文庫

WHEN TURNING DIAL 7

by

Tsumao Awasaka

1985

目次

ダイヤル7をまわす時

ダイヤル7

問題編

　ただ今、塚谷《つかや》さんからご紹介いただきました、久能祐介《くのゆうすけ》であります。しばらくの間、おつきあい願いたいと思います。

　最初、塚谷さんからこの話を聞かされたとき、ちょっとびっくりいたしました。今まで、こうした集会での催し物は、普通、演芸や歌謡曲、ないしは講演などが常識でありましょう。ところが、塚谷さんの依頼は、私に犯罪物語を、ということでありました。

　ご紹介にもありましたが、私は戸根《とね》警察署刑事暴力捜査室に長年勤続しまして、昨年退職した者であります。その経験から、普通の犯罪物語の種には事欠かないと思いますが、塚谷さんの注文は、特殊な条件が付いておりました。

　塚谷さんが望んでいる物語とは、まず、犯罪が発生し、警察の捜査が開始されます。そして、何人かの容疑者が捜査線上に浮かびます。捜査が続行され、最後に決定的な理由のもとに、犯人は一人にしぼられる。犯人の名が、私の口から出ない時点で、物語は一時中断されます。その犯人は誰か。——あと出席者は自身の判断で、その犯人を指摘し、すでにお手元にある用紙に犯人の名を書いて、投じてもらう。正解者にはちょっとした賞品など用意してある。という趣向であります。

巷間《こうかん》、探偵小説の愛好家たちで行なわれている犯人当てのゲーム。それをここでやってみようというわけです。つまり、私の話を聞きながら、皆さんは名探偵ないし有能刑事になったつもりで大いに犯人と智力を戦わせていただきたい。

この趣向を思いついた塚谷さんの発想には、最初申し上げたように、ちょっとびっくりいたしましたが、よく考えてみると、塚谷さんの狙いがわかるような気がしますね。

当たり前の演芸では、ただ見るというだけで終わってしまう。せっかく皆さんがこうして、たまに集まる集会を、それだけですましたくない。塚谷さんはこう思っているわけです。犯人当てゲームには、ここにお集まりの全員が問題解決に参加できるという利点があります。また、こうした知的ゲームに加わるということは、皆さんの生活上、何らかのよき刺戟《しげき》を与えるのではないかと思います。

ということで、出演をお引き受けはしたのですが、私は探偵小説家ではありませんから、架空の物語を作り出すというわけにはゆきません。結局、私が過去何十年かの間に遭遇した事件のうち、犯人当て物語にふさわしい事件を一つ選び出すことにしました。それには、塚谷さんの協力が必要でありました。

ご存じの方もあるか、と思いますが、いまこうして、ここで活躍し、多くの信頼を集めて、意欲的に仕事を進めておいでの、塚谷宰治《さいじ》さんとは、戸根警察署で私と一緒に仕事をしていたことがあります。十年前の宰さん——これが彼の呼び名でした。その宰さんはまだ二十代。仕事にかける情熱は、現在以上と言ってよかったと思います。

というわけで、丸一日掛かりで二人して一つの事件を選びました。二人が犯人の捜査に従事した、忘れ難《がた》い事件です。これからその事件のすべてをお話しすることにします。

その前にお断わりしておきます。これからお話しするのは、実際に起こった事件ではありますが、ゲームの性質上、関係人物を多少省略し、頭の中で整理しやすいようにしてあります。また、事件は大きく報道されましたが、人の噂も七十五日、まして一昔《ひと》前。報道されたのは表に現われた部分で、捜査の過程はここでお話しするのが最初であります。勿論《もちろん》、犯人を指摘するための手掛かりは、すべて話の中に組み込んであります。

では、お聞き逃しのないよう、お願いいたします。

事件の起こったのは九月二十五日。安定した天気の続く初秋の一日でした。

その午前中、戸根警察署暴力係の部屋に、一人の来訪者がありました。

その男の名は狭間清《はざまきよし》、三十代半ば。坊主頭の、精悍《せいかん》そうな顔です。それまで狭間は刑務所に服役していたのですが、その日、刑期を終了し、私のところへ挨拶《あいさつ》に来たわけです。

狭間が犯した罪は殺人でした。当時、狭間は戸根市の暴力団、北浦《きたうら》組の中幹部……今、こんなことを言うと、戸根市を知っている若い人なら、おや？　と思うかもしれませんね。そのはずで、現在戸根市は市民運動によって、一つの暴力団もありません。けれども、この事件の起きた当時、かなり悪質な暴力団が存在していたのです。

そのころ、戸根市にはびこっていた暴力団は二組。その一つは、今言った北浦組で、市の東半に根を張り始めた新勢力です。組長は北浦進也《しんや》という男。大学で法律を専攻した、一見やさ男風ですが、なかなかどうして、陰険残忍な性格を持っていた。北浦組が勢力を伸ばし始めたころ、戸根市を中心にして、五体もの変屍体《へんしたい》が発見されています。洗い出してみると、いずれも北浦組に何かしらの関係のある人物ばかり。北浦組の手になったことははっきりしていても、手口は悪魔みたいに巧妙です。警察がやっきとなっても、それらを殺人と立証することもできませんでした。

もう一つの組は大門《だいもん》組と言い、市の西側が勢力範囲です。組長は大門三郎《さぶろう》。五十になっていましたか。このほうは、代々の博奕《ばくち》打ちで、実際には酒を飲みませんでしたが、酒好きそうに見える赤ら顔の男です。

大門三郎という男は、最初、親の博奕を嫌って家を飛び出し、都会に出て長く演歌師をしていた、大門家ではまあ変わり種でしょう。親が死んでから大門組を襲《つ》ぐようになったのですが、大門組が大きくなったのは、この男の代からです。商店の旦那衆に受けがよかった。長いこと、酒場で演歌を歌っていたときの経験なんでしょうね。人当たりがよく、お客を喜ばせるこつを身に着けていたわけです。大門組は博奕を開いても、商売だという信条があり、決してあくどい稼ぎはしなかったものです。といって、警察は別にそれを歓迎していたわけじゃありませんがね。

ところが、一方の北浦組は騎虎《きこ》の勢いだ。不良学生や浮浪者を威《おど》しては傘下に集め、掠《かす》り、たかり、脅迫、麻薬、何にでも手を出して資金を稼ぎまくっている。こうなると、対抗上、大門組の性格も変わってきます。

大門組には伝統――と言うとおかしいが、長年戸根市にあったという意地があります。新興の北浦組などに甘い顔を見せてはいられない。

二つの組員はことごとにいがみ合い、白昼路上での小ぜりあいなども起こるようになった。こうした事態を、警察では手をこまねいて見ていたわけではありません。皆さんは既にご存じでしょうが、警察職員は絶えず厳しい制約の中で働かねばならない。法則でがんじがらめ、と言っていいでしょう。簡単に人を逮捕したり留置したり捜査したりすることはできません。

とりわけ、北浦組の手口は、こうした警察の限界を知り抜き、決して尻尾を出すことがありませんでした。若い塚谷さんはいつも切歯扼腕《せっしやくわん》、私はそのたびに時期を待て、折りあらば一網打尽だと、なだめ役になっていました。

こんなとき、北浦組の狭間清は、大門組の幹部を殺害しました。殺されたのは、夏虫靖男《なつむしやすお》という博奕打ちで、狭間は夏虫を殺すと、その足で、北浦組の弁護士と一緒に、警察へ自首して来ました。

いかにも北浦進也らしい、水も洩らさぬ手口。北浦は自分の立場をよく知り抜いています。これ以上、警察を翻弄《ほんろう》しては自分の身が危険だ。たまには手柄を立てさせよう。狭間清はそのための言わば人柱。人身御供として警察へ送られて来たのです。

裁判の結果、狭間の刑は懲役十五年。その後、減刑されて、その日私の前に現われたのでした。

私の前に立った狭間清は、当時より血色がよく、やや肥《ふと》った感じです。

「その節は、刑事さんにも、いろいろご迷惑をお掛けしました」

と、至極神妙な挨拶です。

「これから、どうするね?」

と、私は狭間の目を覗《のぞ》き込みました。

この男、また、北浦組に戻れば、いい顔になるだろうな、と思いました。度胸がよくって、根性がある。その証拠に、警察で疑っていた、北浦ないしは自分の余罪を、とうとう最後まで自白しなかったのです。

「組には帰りません。北海道へ帰って、堅気になります」

まさか、すぐ組に戻って、また悪事に精を出します、とは言えませんね。外交辞令かなと思うと、案外当人は本気で言っているようです。私は狭間に煙草《たばこ》をすすめ、火をつけてやりました。

「昔は、本当に馬鹿でした。刑事さん、僕は刑務所に入ってから、いろいろ多くのことを勉強しましたよ」

狭間の述懐には嘘があるとは思えませんでした。私は、

「それはいい心掛けだ。せいぜい頑張ることだ」

と、激励したものです。

狭間は少しいただけで、約束があるのか、自分の腕時計を見ると、部屋を出て行きました。

私は傍にいた明け番の塚谷さんに訊きました。

「狭間は一人で来たのかね？」

狭間を部屋に案内したのが塚谷さんでした。

「そうです。外にも付き添いらしい人間はいませんでした」

「狭間は組の安全のために、言わば楯代《たて》わりになった男だ。普通、こうした男の出所には、組の中でしかるべき人間が出迎えるのが当たり前だ。……すると、北浦進也は狭間の出所がもっと後になると思っていたのに違いないな。何かを誤算していたようだ」

「誤算？」

「そう、北浦進也が、今、囲っている女がいるだろう」

「志水満子《しみずみつこ》のことですか？」

志水満子。元、北浦組の息の掛かっていたキャバレーのホステスでした。一見そういった商売をしているように見えない、上品な美人です。

「志水満子はもと、狭間清の愛人だったんだ」

「……知りませんでした。すると北浦進也は、狭間の出所を望んでいないわけですね」

「狭間はそれを知っているかな」

「僕はまた島富夫《しまとみお》のほうを気にしていたわけです」

「そうだ。島富夫がいた」

私は島富夫を忘れていたわけではありませんが、志水満子のことだけが妙に気になっていたのです。

島富夫は当時北浦組の大幹部。若さと腕力、そのうえに北浦進也から仕込まれた冷血さと狡猾《こうかつ》さで、大した羽振りになっていました。

「島は狭間の弟分だった。だが、決して仲のいい兄弟じゃなかった」

事実、狭間の自首は、裏で島富夫が細工して、仕立てあげたという噂さえ耳に入ったことがあります。島にとって、狭間が組に戻れば、何かと目の上の瘤《こぶ》になるはずです。

「せっかく刑を終えて出所するというのに、誰一人喜んでくれる人がいないとは、考えれば気の毒な男だ」

「一人だけ、狭間の出所を待ち兼ねている人間がいます」

と、塚谷さんが言いました。

「ほう？　そりゃ、いったい誰だろう」

「大門組の川辺《かわべ》武士《たけし》です」

「川辺が？」

「川辺は、狭間に殺された夏虫靖男の弟分でした。夏虫と川辺は、狭間や島と違って、大変仲がよかったと聞いています。川辺は狭間の出所を待ち構え、兄貴の仕返しを狙っているようです」

となると、これはなお面倒になる。狭間の出所で、何事も起こらず、四方が丸く納まるとはどうしても考えられませんね。

「狭間のために、北浦組にごたごたが生じ、組の内部から分裂が起こって崩壊してしまう、というようなことは考えられませんか？」

と、塚谷さんが言います。それほど都合のよいことはない。私は笑いました。

「そううまくいってくれると、大助かりだね。だがそうはなるまい。さっきの狭間の様子を見ていると、どうやら本気で故郷へ帰る気らしい。狭間は自分の立場をよく考えているようだ」

「そうですね……」

塚谷さんは腕時計を見て、帰り支度に取り掛かりました。その日は私が宿直でした。私は何事もなくその日が終わればいいと考えていました。

夜の八時ごろ、地震がありました。かなりの揺れで、ロッカーの戸が、がたがた鳴ったのを覚えています。その後、気象庁の発表では、地震の発生が八時五分、戸根市周辺は震度四の中震、震源地は茨城の沖深さ四十キロの地点だったそうです。

地震の起こったとき、なぜか狭間清のことを思い出していました。何か一荒れしそうな予感でした。その予感は、一時間後、現実になりました。北浦組の組長、北浦進也が、自宅の二階で、何者かによって殺害されたのです。

北浦進也の自宅から、警察の一一〇番に電話があったのは、その日の九時三十分でした。

そのとき、私は暴力係の部屋にいました。殺人係の勝取《かっとり》捜査部長が北浦進也殺害事件を知らせに来ました。被害者は暴力団の組長、当然ながら、内部の事情に詳しい暴力係の協力が必要になったのです。

私はすぐ塚谷さんに電話を掛けました。

「穏やかな一日で終わると思ったのに……」

「穏やかだって？　さっき地震のあったのを知らなかったのかね？」

「地震があったんですか……」

「寝ていたのかね？」

「いや、寝てはいませんでしたが」

電話を切ると、傍にいた勝取部長は、

「地震の嫌いな人は、小さな地震でも目が覚めるらしいね」

と言いました。

塚谷さんの言葉が勝取部長の耳に入ったようです。

私は狭間清が出所し、暴力捜査室へ挨拶に来たことを、勝取部長に告げました。

北浦進也の家は地下鉄のすぐ傍にあります。塚谷さんは自宅から直接地下鉄で現場に向かうことになり、署にいた職員は車で北浦家に駆けつけました。

北浦の家は、地下鉄駅の傍ですが、その一角はわりに静かで、高級な住宅が並んでいます。その中でも、目的の家はいまいましくなるような白い洋風の二階建てです。家には全部の明かりがつけられ、何人かの組員が私たちを迎えました。その中には大幹部の島富夫の顔も見えます。

勝取部長の指揮で、組員たちは一室に入り、勝取さんと私が二階の現場に赴きました。

現場は北浦進也の居間です。部屋の中央に虎の皮の敷物が敷いてある。その真ん中に、北浦は部屋着であおのけにひっくり返っていました。目は虚空《こくう》を見詰めたまま、唇が醜《みにく》くねじれ、鼻腔《びこう》から血が流れている。いかにも暴力団組長の最期にふさわしい。ただし、不細工な限りでしたね。

凶器は登山ナイフで、心臓を一突き。つかも通れと差し込まれ、切っ先は肺の奥にまで達しているようだ。一瞬の出来事だったようで、北浦には抵抗の余地もなかったに違いありません。倒れたとき左腕がセンターテーブルの角に当たったようで、腕時計のガラスが割れ、針が飛んでいました。

「殺されてから、一時間以上はたっているな」

勝取部長は屍体を見渡して言いましたが、さすが刑事の勘で、その言葉が正しいことは、後の解剖の結果と一致していました。

部屋を見廻すと、本革張りのコーナーセットを始め、テレビ、サイドボード、ライティングビューロー、どれも新しく贅沢《ぜいたく》なものだ。壁にはゴブラン織の、湖の風景のタペストリーが掛けられ、その隣りに大きな時計が見えます。

勝取部長はその大時計を見ると、傍に寄って腕を組んでしまった。私も改めて時計を見なおしましたが、勝取部長が腕を組んだ理由がわかりました。時計は八時五十三分を指しているのです。

「狂っていますね」

と、私は自分の腕時計と見比べて勝取部長に声を掛けました。

「止まっているんだよ」

そう言われれば、なるほど、時計の音が聞こえません。時計は重力式の振り子時計で、銀色の二つの大きな錘《おもり》の位置からすると、錘が下がり切って動かなくなったのではありません。

「さっきの地震で止まったのでしょうか？」

勝取部長、ちょっと考えていましたが、

「違うな、九時のニュースで言っていた。地震が発生したのは、八時五分だった」

そう言えば、地震で時計が止まったのなら、針は八時五分を指していなければなりませんね。

そのうち、塚谷さんも現場に駆けつけて来ました。県警から鑑識係も到着し、捜索が続けられます。

私たちは警察へ最初に電話をした、北浦進也の妻、高子《たかこ》に屍体を発見した様子を問い質《ただ》しました。訊問には一階の、これも贅沢な応接室があてられました。

高子はいかにも商売女が年を重ねたという感じで、色が白く中高《なかだか》、顔立ちは決して悪くはないのですが、言葉や態度が下品。北浦の死に直面しても、少しも動じないふてぶてしさがあります。北浦が好色でないにしても、ほかの女に心を移す気持ちがわかるようです。

高子の話によると、屍体の発見は、ねずみの安《やす》が騒ぎ出したのがきっかけになった、と言います。

ねずみの安——本名中本安介《なかもとやすすけ》。痩《や》せていて、非対称な容姿をしている、北浦組のちんぴらで、北浦の家の屋根裏部屋に寝起きをしながら、家の雑用や使い走りをしている男です。私が北浦家の玄関に着いたとき、この男何をしたのか、小指を詰められたと見えて、指に白い包帯があるのに気づきました。

「最初は本気にしなかったわ。この家に血の臭いがする、なんてね」

と、高子は言いました。

「血の臭い？」

勝取部長は不思議そうな顔をした。

「ねずみの安はね、一週間前に指を詰められてから、少し気がおかしくなっているみたいなのよ。それも、日が暮れてからが工合が悪くなるみたいね。この前も、ドラキュラに血を吸われた。俺もドラキュラになったなどと言っていたわ。今日、地震があったでしょう。あのときだって、フランケンシュタインが家を揺すっているなどと口走ったりしたからね。だから、最初は気にしなかった」

「それで？」

「ねずみの安は、変にしつっこかった。それで、組長に声を掛ける気になったの。そうしたら……」

「ご主人を最後に見たのはいつかね？」

「地震のあったとき。凄く揺れたなあ、などと言って、部屋から出て来て、トイレに行って、すぐ自分の部屋に戻ったわ」

「ご主人は、その時間、大体自分の部屋にいるのか」

「家にいるときにはね、何だかごちゃごちゃした仕事があるみたいだわ」

「寝る時間は？」

「決まっていない。いつも帰って来るとは限らないもの」

「志水満子という人を知っているね？」

と、私は口をはさみました。

高子はじろりと私を見て、鼻の先で笑いました。

「知ってるわ。あの牝猫《めすねこ》、何かしたと言うの？」

「組長が帰って来ない日は、満子のところにいるってことだな」

「それだけ知っていれば、念押しには及ばないでしょう」

「狭間清を知っているね？」

「知ってるわ。今朝出所したこともね」

「ここには来なかったか？」

「来なかった。行ったとすれば、きっと牝猫のところじゃない」

「今日、ご主人は何時ごろ帰宅した？」

と、勝取部長が訊きました。

「夕方、七時ごろだったかしら……」

「それから、電話が掛かってこなかったか？」

「……一度だけ掛かってきたわ。わたしが出て、組長に代わったんだけれど、清の声じゃなかった」

「それは、何時ごろ？」

「七時、ちょっと過ぎていたかなあ」

「誰からだ？」

「声を変えていたわね。大門組の者で、折り入って組長と話がしたい。そんなことを言っていたわ」

「大門組の者……」

「嘘を言っていたかもしれない。そんな感じだった」

「ご主人との、話の内容は？」

「組長は電話をすぐ二階の自分の居間に切り替えたわ。でも、組長は用心深い人だから、電話に出るときは、いつも録音する習慣がある。もしかすると、その声が残っているかもしれないわ」

これは思いがけない情報でした。電話の内容は、事件の解決につながる可能性もある。すぐ現場の鑑識に連絡しました。高子の言うとおり、二階の電話機には、確かに録音機がセットされていました。北浦らしい周到さです。けれども、肝心のカセットテープは、機械から取り外されていたのです。犯人は北浦を上廻る用心深さです。

このことは鑑識係の意地を燃え立たせましたね。そのため、鑑識係の一人は、実に細微な観察を始め、結果、実に興味のある事実を発見しましたが、それは順を追って申します。

さて、高子の訊問が、勝取部長で進められます。

高子が生きている北浦進也の姿を見たのが、地震のあった午後八時五分過ぎ、それ以降、誰も進也を見た者はおりません。その間、高子はテレビを見ていました。そして、特に変わった物音など聞いておりません。ねずみの安が騒ぎ出したのが、九時半近く。高子はすぐ警察に通報したと言いましたが、

「それにしちゃあ、島富夫なんかの来るのがいやに早かったじゃないか。警察の前に、島に連絡したのだろう」

私に問い詰められて、高子はしぶしぶ本当のことを答えました。それによると、屍体の発見は、それよりも三十分早い、九時ごろ。見込みに違《たが》わず、高子は島に知らせています。北浦の死は、さすが組にとって衝撃だったようで、幹部たちが集まりとりあえずどう行動するかの協議があったようです。そのため、警察への連絡は、屍体発見より三十分遅れたわけです。どうも油断がならない。

「ところで、ご主人の部屋にあった時計ですが……」

勝取部長が最後に訊きました。

「あの時計は止まっていますね。知っていますか?」

高子は私に威された後だったので、幾分おとなしく答えました。

「ええ……」

「いつから止まっているのですか?」

「二、三日前からです。組長が見掛けは立派だが、安物らしい。修理に出さないといけないと言っていたのを覚えています」

きっと、誰かからの貰《もら》い物なのでしょう。

高子の訊問は、それで終わりました。

次は北浦組の幹部、島富夫の番です。

島は北浦進也を一周り小さくしたような男で、見るからに狡猾そうな男だ。頭が小さく、そのかわり、人の倍顎《あご》が張っています。私は島の顔を見るなり、警察に通報を遅らせたことを叱りました。島は薄気味の悪い笑いを泛《うか》べましたが、質問には素直に答えるようになりました。

狭間清は出所してから、島にも接触していなかったらしい。島は幹部の誰からも、狭間のことを聞かなかったと言います。

その日、組の幹部たちは講中で成田山《なりたさん》に行っておりました。地震に会ったのは帰りのバスの中。バスが止まり、電線が大きく揺れたのが見えたと言います。そのときは県の産業道路に入っていたそうですから、戸根市とは目と鼻の先です。島は自分の腕時計を見て、地震は八時五分だったと、正確に思い出しました。戸根市に着いてから連中は別れ別れとなり、北浦家に赴いて北浦進也を殺害することは、誰でも時間的には可能でした。

私の訊問で、島は自分のアリバイがないことを悟ったのでしょう。

「恩義ある組長を殺すだなどと、考えるだけでも罰が当たる」

と、盛んに繰り返しました。

結局、島富夫からは、犯人を指摘するに足る手掛かりは何も得ることができませんでした。

一方、北浦の女、志水満子の家に行った刑事から連絡が入りました。志水満子は自宅にいないということです。昼過ぎ、部屋を出て行った満子を、同じマンションの住人が見ています。

狭間清については戸根市及び周辺のビジネスホテルなどを聞き込み中ですが、まだ狭間の足取りはわかりません。

私と塚谷さんは、大門三郎に会いに行くことになりました。

大門組の事務所は、市街にあるパチンコ店の二階で、外から窓の明かりが見えました。部屋には二、三人の若い者がいるだけ。突然の警察の来訪に、すっかり落ち着きを失ったのがわかりました。三郎の居所を問い詰めましたが、知らないの一点張りです。

「商売ご繁盛《はんじょう》のようだな」

私はそう言ってやりました。

若い者の話では確実なことはわかりませんが、狭間はどうやら、大門組とも接触はなかったようです。私たちは三郎が帰り次第、すぐ警察署に連絡するように言い残し、署に戻りました。

署に戻ると、すぐ三郎から電話が掛かりました。三郎は昔の友達と会い、飲んでいたのだと答えました。その場所、となると、歯切れが悪くなります。

「川辺はどうしている?」

「川辺が何か?」

「今日、川辺と一緒だったか、と訊いているんだ」

その答えも何か要領を得ない。反対にこちらの腹を探ろうというのがわかる。私は今朝狭間清が出所したこと、その狭間を川辺武士が待ち兼ねているはずだと言いました。

「……警部さん、それは昔々のことでしょう。そりゃ、当時は川辺も若かった。いつも可愛がってくれた夏虫が殺されて、かあっとして狭間に仕返しをする気になったこともあったでしょう。だが、川辺はもうそんなことは忘れていると思いますよ。それとも何ですか、狭間清が出所したとたん、誰かに殺されちまったとでも言うんですか?」

「殺されたのは、北浦進也のほうだった」

それを聞くと、三郎はあっと言ったきり、絶句しました。

私は狭間の姿を見掛けるようなことがあったら、すぐ連絡するように言い、電話を切りました。

「大門にとって北浦の死は、自分の組の勢力を巻き返す、いい機会になるだろうな……」

私は傍にいた塚谷さんに言いました。

その日のうち、署に北浦進也殺害事件捜査本部が設けられ、夜中に捜査会議が開かれました。

まず、検視の途中報告がされます。

犯人が使った凶器は、登山ナイフ。よく研ぎ澄まされた刃物で、正確に心臓を一突き。ほかに外傷はありませんでした。死亡推定時刻は午後七時から九時までの間。ただし、北浦の妻、高子が地震のあった八時五分には進也の姿を見ていますので、死亡推定時刻はかなり短くなります。八時五分から、九時までということですね。

次に、犯人が北浦の家に侵入した場所ですが、これは鑑識の精《くわ》しい報告がありました。要点だけ述べると、次のようになります。

犯人が北浦の家に出入りしたのは、玄関からではありません。これはその時刻、家にいた、高子、ねずみの安、家政婦などの証言によります。塀を乗り越えた跡もない。庭土の上にも、犯人らしい足跡は見いだせません。ただ、裏門の閂《かんぬき》が外れておりました。閂は普通掛けられていたということで、家の者で門を外した人間はなかったことから、北浦進也が外していたと考えるのが自然です。進也は何かの理由で、その人物が家に出入りするのを家人に知られたくなかった。ないしは、犯人が家人に顔を見られたくなかったので、特に進也に要求して、裏門から出入りした、と考えるわけです。それに関連しますが、裏門から敷石伝いに、建物の非常階段に出られます。階段は鉄製で、この方法だと、全く足跡が残りません。当然、犯人は進也と顔見知りでなければなりません。

さて、問題は北浦進也の居間に移ります。その部屋は特に物色された様子はない、と鑑識は言います。部屋からなくなってしまった品物もありませんでした。ただ、前にも申しましたように、電話と接続されている録音機のカセットテープだけが、抜き取られていたのです。録音機及びそれに附属するすべての機械は綺麗に拭われ、一つの指紋も発見されませんでした。

「無論、犯人が拭き消したわけでしょうな」

と、勝取部長が言いました。鑑識はそのとおりだと答え、次に注目すべき発言をしました。

「……犯人は周到な人間だと思われます。けれども、われわれはそれによって、犯人が触った品物がわかるのです」

「犯人が触った品物？」

「そうです。犯人は北浦の家に、絶対に指紋を残してきてはなりませんでした。といって、手袋などを着けていれば、抜け目のない北浦進也のことですから、その姿を見ただけですぐに疑いを持たれるでしょう。したがって、犯人はあの部屋で触らなければならなかった品物については、進也を殺害した後、自分の指紋を綺麗に拭き取らなければなりません。ということは、品物から自分の指紋だけを消すことは不可能ですから、被害者の指紋も一緒に拭き取ることになります」

「それはそうだ」

「日常使われている品物には、必ず使用者の指紋が付いているはずです。しかし、日常使われているにもかかわらず、使用者の指紋もない。これは、犯人が手に触れたため、自分の指紋と一緒に消してしまったからだと考えられます」

「つまり、犯人が触れた品物だ、というわけだね」

「そうです」

「では、その品物は？」

「多くはありません。まず、部屋のドアのノブ。二階の廊下の突き当たりにある、非常口に出るノブ。それに、電話の受話器と附属する録音機、同じテーブルの上にあった、メモ用の鉛筆と、電話番号簿。それで全部です」

「……犯人がドアのノブに触れたとすると、やはり非常口から出入りしたという可能性が強くなるな」

「そうです」

「録音機に触った理由もわかる。進也が電話の声を録音していたことを知り、その中に自分の声があった、ないしはあるらしいので、テープを抜き取るために触れたのだ」

「そうです」

「……すると、おかしいな。テープを取るには、電話機に触れる必要はない」

「私は電話の受話器と言いました。電話機の本体には、進也の指紋がいくつか発見されました。つまり、犯人は進也を殺害した後、どこかに電話をしています」

「ほほう……それはどうしてわかった?」

「犯人は電話番号簿に触れているからです。見覚えありませんか? ほら、細長くて、あいうえお順にめくりのついているやつです」

「……思い出した。表紙と見出しはビニール貼《ば》りだった。その電話番号簿にも指紋がなかったわけだね」

「そうです。ところが、面白いことに、犯人は番号簿全部に触れてはいなかったのです。見出しには被害者の指紋も残っていました。犯人は番号簿のうち、常用のページだけを繰ったのです」

「常用……」

「表紙のすぐ裏、最初のページです。火事とか救急車、電話問い合わせ、時報などがだいたいい目立つように書かれているでしょう。そのほかの欄には、被害者の手跡で、いくつかの電話番号が書き込まれてありました。きっと、普段電話を掛けつけている人の番号簿でしょう」

「そ、それは誰と誰だ?」

勝取部長の言葉が意気込むのも無理はありません。犯人が進也を殺害した後、電話を掛けたとなると、その相手は大変な手掛かりを握っていることになります。

鑑識はメモを拡げ、読み始めました。

「――そば屋、すし屋、ラーメン屋……うなぎ屋」

笑い声が起こりました。緊張した空気がほぐれまして、なかなか隅におけない鑑識です。

その他、番号簿にあったのは、幹部の島富夫を始めとする、組幹部の電話番号でした。

「このうち、犯人は誰に電話を掛けたのだろう――」

勝取部長はメモを手にして考え込みました。

「片っ端から、当たってみましょうか」

一人の刑事が言いました。

「いや、その必要はありません」

鑑識はその言葉を待っていたようです。

「問い合わせるなら、そのうちの二件で充分です。すし屋と、島富夫のところでことがすみます」

「犯人が掛けたのは、すし屋か島富夫?」

「そうです」

「どうしてわかる?」

「さっき、犯人は電話機の傍にあった、鉛筆にも触れたと言いましたね。犯人は物を書くために鉛筆を使ったのではないことがわかったからです。つまり、その鉛筆で……」

鑑識は自分のボールペンを取り出し、それを被害者の鉛筆に見立てて説明しました。

「こうやって、犯人が指紋を残さないようにダイヤルを廻したのです」

鑑識はボールペンを逆に持ち、ダイヤルに差し込んで廻す真似をしました。

「私たちはダイヤルの文字盤に注目しました。顕微鏡《けんびきょう》を使って観察した結果、それが正しいことがわかりました。つまり、被害者の鉛筆は尻に消しゴムのついている品だった。それが幸いしたのです。ダイヤルの文字盤に、ごくわずかではありますが、明らかに消しゴムでこすられた跡が残っていました。犯人はその後、鉛筆の指紋だけを拭き消し、ダイヤルや文字盤の指紋を消す手間をはぶくことができました」

「なるほど……」

勝取部長は感心したようです。

「犯人はどんな番号を廻したかはわかりません。けれども、廻さなかった数字を知ることができます。その数字の上に消しゴムの跡がない番号がそうですね。その数字は、八、九、〇の三つでした」

「その番号を廻すときだけ、消しゴムが浮いていたとは考えられませんか？」

「考えられませんね。私たちはそれについて何度も実験してみました。鉛筆と消しゴムを固定しているのは金属、ダイヤルも金属でできております。したがって、よほどしっかり消しゴムを文字盤に当てていないと、滑ってしまうわけです。更に、八、九、〇の番号は、ダイヤルの指止めまで廻すには、距離も長いし、曲がり工合も大きいのです。消しゴムが文字盤から浮いていたとは考えられないのであります」

「わかりました。続けてください」

「以上のことから、犯人が廻した電話番号は八、九、〇を含まないで、しかも必ず七を含む番号だということがわかります。その条件を満たす電話番号が常用の箇所に二つありました。最初に申しました、すし屋と島富夫の電話番号が、それに該当します」

　別の刑事が立ち上がって、すし屋と島を調査した結果を報告しました。

　それによると、八時から九時の間すし屋に電話があったのは、全部出前の注文で、馴染《なじ》みの得意先。滞《とどこお》りなく誂《あつら》えを届け、ほかに怪しい電話などはなかったという。また島富夫が帰宅したのは九時少し前。留守の間も家族はどこからも電話は掛からなかったといいます。島が電話を受け取ったのは、北浦高子からだけで、組長の死を知らせる内容でした。高子は電話を切り替えて階下から掛け、現場の電話機には手を触れていません。

最後に鑑識から、重要な報告がされました。

被害者の居間にあった灰皿から拾い出された、一本の煙草の吸い殻です。その吸い口に附着していた唾液から、煙草を吸った人間の血液型が割り出されたのです。血液型はＡＢ型。被害者の血液型とは違い、ほかに出入りした者のない点を考え合わせて、犯人の残したものである可能性が強いというのです。

「――記憶に違いなければ、狭間清の血液型はＡＢ型でした」

私は勝取部長に言いました。

後でわかりましたが、私の記憶は正しかった。そして、北浦を殺す動機のある人間で、ＡＢ型の血液を持っている人間は狭間を除いてほかにはいなかったのです。

狭間清の足取りは、まだつかめません。狭間清は、北浦殺害事件の重要参考人として、手配されることになりました。

翌日、私たちは狭間清の愛人だった、志水満子と会いました。

志水満子は、翌朝、自ら署に出頭したのであります。

暴力団の愛人、組長の情婦などと言うと、相当なしたたか者に聞こえますが、実際に会った志水満子の印象は、全く正反対でありました。小柄なせいか、年よりは若く見え、藤色のスーツを上品に着た姿は、オフィス街のＯＬという感じです。柔らかい髪は大きなウエーブがかけられ、賢そうな顔立ち。ぱっちりとした目の回りに薄い隈《くま》ができているのが気掛かりで、けだるそうな様子は、心配事を抱えているようですが、一種の色気も漂っておりました。昨夜から狭間清の行方を追い、いまだに足取りをつかめずにいる捜査本部は、志水満子の出頭に活気づきました。

満子は落ち着いて質問に応じました。それによると、北浦進也が殺害されたことは、次の朝、テレビのニュースで知ったのです。警察は重要参考人として、狭間清を追っている。しかし狭間は、北浦進也の殺害事件とは何の関係もない、と満子は言いました。その理由は、昨夜、満子はずっと狭間とともにいたからだそうです。

狭間は刑務所を出て、すぐ警察に顔を出した後、まっすぐに満子のところを訪ねたらしい。

「あなたたちは、ずっと自分のマンションにいたわけですか？」

と勝取部長が訊きました。

「いいえ。二人だけで部屋にいることはできませんでした」

いつ北浦が訪ねて来るか、わからないからでしょう。

「昼すぎ、家を出ました。ええ、目立たないように、別々にです。それからバスで大崎《おおさき》まで行きました」

大崎はバスで一時間。海岸の街で、夏場は盛りますが、九月に入ればめっきりと静かになります。うら寂しい風景は、二人の心にふさわしい場所だったでしょう。二人はそこで買物をしたり食事をしたりします。

「狭間はどんな様子でしたか？」

と、勝取部長が尋ねました。

「別れたときとは、ずいぶん変わっていました。ずっと物静かになり、大人になった感じでした」

「……それで狭間は、あなたが北浦進也の世話を受けている、ということを知っていましたか？」

「わたしが教えました。けれども、わたしが教えなくとも、勘付いていた様子です」

「それを聞いたときの、狭間の態度は？」

「清さんは、それを聞いて決心がついた、と言いました」

「決心？」

「組へ戻らない決心です。故郷へ帰って、一からやり直すのだそうです」

「……では、午後八時から九時までの間、あなたたちはどこにいましたか？」

「八時——というと、地震のあったころですね」

満子はちょっと言い澱《よど》むふうでしたが、もとよりすべてを話す覚悟で警察に出頭したのです。

「そのとき、わたしたちは、大崎のホテルにいました」

はっきりと言いました。

「家を空けたことを、北浦に知られても、構わないと思いました。これまで清さんは、北浦の使いやすい道具の一つにすぎませんでした。清さんに対する仕打ちはひどいものでした。刑を終えても、清さんを迎える人は誰一人いないのです。それでは、あまりにも可哀相ではありませんか。夕食をすませてからわたしたちはホテルに入り、朝まで一緒でした。地震のあったのも覚えています。そのとき浴室の中にいました」

「朝、狭間と別れたのですね」

「はい。大崎から電車で東京に出、それから列車で北海道に帰る、と言っていました」

勝取部長は傍にいた刑事に目配せをしました。刑事は何気ないふうで、そっと席を立ちます。ただちに、狭間が利用しそうな列車を調べ出すでしょう。

「あなたは、狭間と、それでよかったのですか？」

答えはありませんでした。その代わり、満子の目に涙がにじみ出すのがわかりました。そうした満子の姿を見るにつけ、北浦進也に新しい義憤が起こるのを押えることができません。

満子が言った狭間のアリバイは、どこまで信用できるでしょうか。すぐ、裏付け捜査のため、刑事が派遣されました。

今のところ、第一の容疑者は狭間清ですが狭間だけに気を取られてはいけません。

私と塚谷さんは、大門の身辺を洗うことになり、署を出ました。

その結果、大門が昨夜、賭場《とば》を開いていたことは、ほぼ確実とみられました。ただ、その間、大門組の者が賭博場を抜け出し、北浦の家に行って戻ることぐらい、わけなくできそうです。

最後に私たちは大門三郎が経営する、市内のナイトクラブに出掛けました。

三郎は事務室でギターを弾いていましたが、私たちの顔を見ると、クラブのバーに案内しました。私たちの来訪を大仰に歓迎し、人づきのよい笑いを絶やしません。三郎はバーで酒を勧めましたが、もとより潔癖な塚谷さんは、グラスに手を触れようともしません。

「北浦進也が殺された直前、北浦の家に電話が掛かってきた。その電話の主は、大門組の者だと言ったそうだ」

と、私は言いました。

「それについて、何か心当たりはないかね？」

三郎は丸い目をぱちくりさせました。本当に驚いているのか、とぼけているのかわかりません。

「大門組の中で、北浦と通じている人間がいやあしないか？」

三郎の心の中で、誰彼の顔を探しているようですが、最後には、心当たりがないとだけ言いました。

昨夜、八時から九時ごろまでのアリバイを確かめると、黒い文字盤の腕時計を見ながら、

「それについて、開業の前にホステスを集めてお説教しなければなりませんでしたよ。夕べ地震があったでしょう。あんな地震で、女たちはきゃあきゃあ騒ぎましてね。逃げ出した奴までいる。お前たちが先に立って、お客様を静める立場じゃないか。ねえ、刑事さん、そうでしょう」

「そのとき、川辺武士は?」

「私の隣りにいました」

「地震の後はどうした?」

となると、言葉があいまいになります。ちょっとした集まりがあったのだと言います。殺人事件のアリバイを立証しようとすると、賭場を開いていたことを認めなければならない。その板挟みとなって、困り果てている様子がわかりました。

帰ろうとすると、三郎は、

「いや全く、お仕事とは言いながら、ご苦労なことです。警察の方がいらっしゃるので私たちはこうやって安心していられる。今後ともよろしくお願いしますよ」

などと言いながら、何やら細長い封筒を渡そうとする。

「見損なっちゃあ困る、大門さん。私たちは暴力を潰すのが趣味で仕事をしているのですからね」

私はそう言って、さっさとナイトクラブを出ました。

署に戻ると、狭間清が見つかったという情報が入っていました。

夕刻、参考人として署に連行されて来た狭間は、別に変わった様子は見せませんでした。ただ、アリバイを問い詰めたとき、

「地震があったので覚えています。私は満子とベッドにいた」

これは大変な矛盾ですね。満子の証言では、入浴していた最中に地震を感じたと言っていました。

勝取部長の追及が始まります。ことが面倒になるかな、と思っていると、狭間はあっさりと真実を自白しました。満子の名を聞いて軟化したのです。

その時刻、狭間はホテルにはいなかったのです。

二人がホテルに入ったのは七時ごろ、狭間は貪《むさぼ》るように満子を求めました。満子と一目会い、それを満足として故郷に帰り、古い過去を捨て去る。しかし、満子を抱いて、その心が変わったのです。

狭間の心に、北浦進也に対する憎悪が、一度に爆発しました。どうしても、このまま北浦を放って置くことはできない。

狭間は満子の止めるのも聞かずにホテルを出てタクシーを拾いました。行く先は勿論、北浦の家。場合によれば、進也を殺しても構わない。あれに会わなかったら、進也は自分の手で八つ裂きになっていたに違いない。

狭間のいう「あれ」とは地震のことでした。

タクシーを走らせて二十分ぐらいたったころ、地震を感じて、運転手は一時車を止めました。街灯が大きく揺れ、道に飛び出す人もいました。自然の大きな力を感じた、と狭間は言います。同時に人間の小ささを知った。その自分が行なおうとしていることは、あまりにも愚かなことだ。

狭間はタクシーをホテルに引き返させました。満子はベッドの中で泣いていたそうです。

二人はそのまま、朝になるまで、お互いの傷を慰撫《いぶ》し合いました。

「北浦の家に向かう途中、電話を掛けなかったかね？」

と勝取部長が訊きました。

「――昨日はどこへも電話を掛けませんでした」

狭間はそう答えました。

殺害の現場に残っていた煙草の吸い殻については、全く身に覚えのないことだと言いました。狭間清のアリバイを立証することは、やはりむずかしいようですね。更に、決め手には至らないまでも、狭間には有力な証拠も残っています。とは言うものの、これは私の感じですが、狭間の言葉には作り話めいた、うさん臭さがない。嘘を吐《つ》く気であれば、いくらでも満子と口裏を合わせておくことができたはずですものね。

狭間を除外しても、北浦進也に殺意を抱いていた人間はいくらでもおります。犯人は北浦の事情に精しい人間でもあるのです。容疑者にはこと欠きませんが、いずれも犯人と断定するだけの理由を欠いております。

報道関係者から、捜査本部は苦悩の色が濃くなった、と言われそうですが、事実、捜査は早くも壁に当たった感じです。

そんなとき、消防署から通報がありました。何と、北浦家から出火して、現在炎上中だと言うのです。

折りも折り、時も時です。勝取部長を先頭にして、私たちはただちに火災現場へ駆けつけました。

現場に到着したときには、すでに北浦の家は火の塊《かたま》りと化しておりました。一度に火を発したそうで、一一九番に通報があったときには、もう手のつけられない状態だったそうです。

「一一九番だって！」

勝取部長は大声をあげました。火災の電話を掛けたのは、火を発見した、北浦の隣家の住人です。

火の熱気と轟音《ごうおん》の中に、私たちは呆然として立ちつくすばかりでした。われに返ったとき、一人の小さな男が両手を高く差し上げて笑っている姿に気づきました。赤い火が男の半面を異様に染め、ぞっとする歪《ゆが》んだ表情でした。

男はねずみの安でした。

勝取部長は私に目くばせをしました。私と塚谷さんは、野次馬を掻き分けて、ねずみの安を両側から押えつけ、部長の前に連れ出しました。

「魔女を焼いたんだ。魔女は焼かなけりゃ死なねえんだ……」

わけのわからないことを言う。目はすでに常人の光を失っているようです。

「あの家には、魔女が住み着いてしまったんだ。魔女は……」

勝取部長は興味深そうに、ねずみの安を見ていましたが、

「魔女が住み着くようになったのは、いつからだね」

と、穏やかに訊きました。ねずみの安は得意気な顔になりました。

「四日前だ。その時間も覚えている。夜の、七時五十分だったよ」

「七時五十分……よく覚えているな」

「覚えているとも。それで、時計が止まったんだ」

「進也の部屋にあった、大時計か?」

「あんた、よく知っているな」

勝取部長の表情が険しくなった。

「その魔女を追い出すために、火をつけたんだな」

「魔女は焼かなければ、死なねえんだ……」

私はねずみの安の袖口を見ました。袖口にしみができて、ぷんと灯油の臭いがするのです。

ねずみの安は、その場で緊急逮捕。ただちにパトロールカーに乗せられました。

私たちは北浦家が焼け落ちるまで、現場におりました。そして、焼け跡から二つの焼屍体を発見しました。二つの屍体のうち、一つは北浦進也の妻、高子。もう一つは北浦組の幹部、島富夫であることが確認されました。二つの屍体は、同じ高子の寝室にあったのです。

「久能君……」

現場検証が一段落したころ、私は勝取部長に声を掛けられました。部長の声は、あたりをはばかっているようです。

「暴力団について、少し尋ねたいことがあるんだが……」

「どんなことでしょう。何でも訊いてください」

「……ここでは、ちょっとまずい。あとで、塚谷君も交え、協議がしたい」

夜も大分更《ふ》けておりました。


さて、長々とお話ししてきましたが、組長殺害事件、ひとまずここで打ち切りであります。

そこで問題です。北浦進也を殺害した真犯人は誰か？

北浦高子、島富夫の死については、犯人はすでに逮捕されております。つまり、ねずみの安の放火のためですから、本題とは特に関係がありません。関係のないことをなぜ喋《しゃべ》ったか——実はそこに犯人逮捕の鍵があったわけです。……いや、あんまりヒントを喋ると、興味をなくす方がいるので、このくらいでやめましょう。

犯人の手掛かりは、物語の中にすべて含まれております。よくお聞きくださった方には、もう北浦進也を殺害した犯人がおわかりだと思います。

ここで、二十分の休憩を頂きます。

その間に、お手元の用紙へ犯人の名をお書きになって、この箱に入れてください。できれば犯人を指摘するに至った、簡単な理由もお書き添えになれば、なお結構であります。

後で塚谷さんと集計しまして、正解の方には、ささいながら賞品の用意もございます。どなたも、ふるって参加してください。ご成功をお祈りします。

解決編

お約束の二十分が過ぎました。これから、犯人当ての続きを行ないます。

さきほど、塚谷さんと別室で解答を集計させていただきました。解答が多数集まり、感激しております。正解者はかなりの高率でした。

こういう問題は、すぐ当てられてしまったのでは面白くない。なるべくむずかしくするよう、これでも塚谷さんとない智慧《ちえ》をしぼったつもりです。にもかかわらず、この正解率。正直言って、驚きました。

まあ、今日お集まりの方々は、塚谷さんをよく知っていらっしゃる。それで、この問題には有利だったわけでしょう。一般の人たちに、この問題を出したら、はたしてどうなりますか……

愚痴《ぐち》はこのくらいにいたしまして、早速、続きをお話しすることにしましょう。

どこまで話しましたか……

そう――北浦進也の自宅から火を発し、焔を見て踊り狂っているねずみの安を緊急逮捕した。家の焼跡からは、進也の妻、北浦高子と島富夫の焼屍体が発見された。現場検証の終わるころ、勝取部長は私に声を掛け、私と塚谷さんに話があると、あたりをはばかるように言った。――そこまででしたね。

さて、勝取部長が私たちに内密で話があると言う。署に戻るのかと思うとそうでない。部下に指図を与えた後、勝取部長は私たちを自宅に案内しました。

部長の自宅に呼ばれるなど、かつてないことでした。よほど重要な話に違いない。それを裏付けるように、部長も厳しい表情になっています。部長の家に行ったのは、私と塚谷さんの二人だけ。人を遠ざけた応接室で、部長は私たち二人を前にして、さて、と口を切り出しました。

「今度の事件に対して、暴力係の君たちは実によく働いてくれました。最初に感謝しましょう。ところで、君たちには、北浦進也を殺害した犯人の目当てはつきましたか？」

二人を等分に見比べます。私は答えました。

「怪しい人間はいくらもおります。けれども、これという決め手がありません。捜査が続行され、新しい事実が発見されなければ、現在のところ、誰ということは言えません」

「本当にそうですか。久能君は犯人を庇《かば》っているわけではないのですね？」

「私が犯人を庇う？　そんなばかなことがありますか」

私は勝取部長が何を考えているのか、わからなくなりました。

「それならば、安心しました」

「……すると、部長はもう誰が北浦を殺害したかを、知っているわけですか?」

「そのとおり。私は犯人の名を知っています」

「係が犯人逮捕に向かっているわけですね」

「いや、その手配はしておりません」

「なぜです?」

「私の心中、まことに複雑です。それについて、あなたたちに相談があったわけです。その前に、最初に私が犯人を指摘するに至った推論から話すのが順序でしょうね」

勝取部長はいずまいを正しました。

「全ての証跡は北浦進也が殺害された現場にあったのです。鑑識の調査の結果、いろいろな事実がわかりましたが、その中で特に私が興味をひいた一点がありました。それは、犯人が北浦進也を殺した後で、同じ部屋にあった電話を使った、ということです。犯人にとって、犯行のあった部屋に長く止《とど》まることは極めて危険なことです。一刻も早くその部屋から出なければならない。にもかかわらず、どこかに電話を掛けている。それも、計画の中にあったことだろうか。そうは思えない。犯人の身に、何か突発的なことが起こったのに違いない。私はこう考えました」

「電話を掛けなければならないようなことですね」

「そうです。しかも、犯人は被害者の電話番号簿の常用の箇所を繰っています。ということは、犯人の記憶にはなかった電話番号のダイヤルを廻した、ということになる」

「鑑識の報告では、犯人は尻に消しゴムの付いた鉛筆で電話のダイヤルを廻し、その番号は一から七の間に収まる数字でなければならない、ということでした」

「その条件に該当するのが、すし屋と島富夫の電話番号です。ところが、その時刻、すし屋に掛かってきた電話は全部出前の注文、馴染みの得意先で、素性の知れた人ばかりです。一方、島は自宅にいませんでしたが、家族の話では、その時刻にはどこからも電話が掛かってこなかったと言う」

「変ですね。被害者の電話番号簿の常用のページで、一から七までの番号というと、その二つしかないはずじゃありませんか」

「そう、さっきまで、私もその二つの番号だけを考えていました。ところが、常用のページには、別な番号があったのです」

「別な番号?」

私は腕を組みました。鑑識に見落としがあったとは思えません。しかし?……

「北浦家が火事だと言うので、現場へ駆けつけたとき、北浦の隣人が一一九番に通報したと聞かされました。――それが解決のきっかけになったのです」

私は、あっと言って腕組みを解きました。

「そうだった……電話番号簿の常用には、必ず一一〇番や一一九番が記載されています」

「ほかにもありますよ。電話の故障、天気予報……」

「天気予報は一七七番です。でも、犯人が天気予報を電話で聞くのは変ですね。このところ、天気も定まっているし……」

「まだあります。時報を聞く一一七番。これ以外考えられません」

部長は自信に満ちた声で言いました。

「犯人は北浦を殺した後、時報を聞いた？」

「そうです。犯人は北浦を殺した、正確な時間を知らなければならなかった。自分のアリバイを工作するためにも、正確な時刻は、どうしても必要です」

「すると、犯人は時計を持っていなかった？」

「勿論、常識として持っていたでしょうね。だが、それが正確かどうか、にわかに信用できなくなったのです。そこで正確な時報を聞く必要にせまられた。私の言う、犯人の身に突発的なことが起こったのです」

「犯人の時計が、止まってしまった、とでも言うのですか？」

「違いますね。北浦進也が殺された部屋をよく思い出してください。あの部屋には、誰の目にも目立つ、大きな時計があったじゃありませんか」

「……でも、あの時計は動いてはいませんでしたよ」

「そう、時計は止まっていた。それなら問題はない。犯人は何もわざわざ時報を聞き、電話機の指紋を消すなどという、余計な手間を掛ける必要はありません」

「……と言うと、時計は動いていたのですか？」

「そのとおり、時計は動いていました。火事場でねずみの安が言った言葉を覚えていますか？　ねずみの安は、四日前の夜の七時五十分に、魔女が北浦の家に来たため、進也の部屋の大時計が止まってしまったと言っていた。ところで、進也が殺されたという通報で、私たちが進也の部屋に入ったとき、あの時計は何時を指したまま止まっていたでしょう」

「——八時五十三分だ、と覚えています」

「ほれ、ごらんなさい。時計は何かの加減で、七時五十分から、八時五十三分までの間、約一時間、動いたのです」

「地震のためだ！」

私は思わず大声をあげました。

北浦進也が殺された日、夜八時五分、震度四の地震があったのです。震源地は茨城沖、深さ四十キロの地点……

「そうです。時計は錘の重力が残っているので、あのときの地震の衝撃で、一時的に動いたわけです」

「すると……」

「そう、地震のあったのが八時五分。七時五十分のままになっていた大時計は、実際より十五分遅れて時を刻み始めたことになります。したがって犯人は、十五分遅れて動いている大時計を見たことになります。大時計が全くとんちんかんな時刻を指していれば、犯人は大時計のほうが狂っていることがすぐにわかる。けれども大時計の遅れは十五分です。いや、自分のほうが十五分進んでいるのかもしれない……被害者の時計を見ましたが倒れたはずみにテーブルの角にぶつかり、毀《こわ》れてしまって正確な時刻はわかりません」

犯人はこの時間の差が、ひどく気に掛かったわけです。

「犯人の身になれば、当然ですね」

「屍体は遅かれ早かれ発見されます。解剖の結果から、死亡時刻も推定されるでしょう。その時刻どこにいたか。警察に訊かれて戸惑うことがあってはならない。不自然なアリバイ工作はしないまでも、きちんと、どこにいたかを答えられるだけの覚悟ができていなければなりません。そのためにも、進也を殺害した、正確な時刻は知っておかなければならない。そのため、犯人はすぐ時報を聞いておく必要があったのです」

「……でも変です。地震が起こったのは、進也が殺害される少し前だったでしょう。犯人は地震の衝撃で止まっていた時計が動き出したのだとは考えなかったのですか。ないしは、動いていた時計が地震のために止まり、十五分後に気づいた進也が、時刻を合わせず、振り子だけを動かした、とは」

「久能さんの考えは全く正しいのです。私は実はそれを根拠にして論を進めているわけですから。直前、地震のあったことを知っていれば、誰でもその直後の振り子時計の時刻を信用しないでしょうね。自分の時計と比べてみて、自分の時計に疑いを持つなどということはあり得ない。……つまり、犯人は何らかの理由で、あの地震があったことを知らなかった人間です」

「地震を知らなかった……」

「そう。北浦進也をよく知っていて、進也に殺意を持っている。そして、犯行のあった当日、地震のあったことを知らなかった。その人間が犯人なのです」

「すると……」

「北浦高子はまず除外されます。高子は家人ですから、あの時計が止まっていたことはとうに知っていますし、犯行当時、時計が動いていたとしても、高子の部屋にも別の時計はあるでしょうから、わざわざ電話で時報を聞くようなことは絶対にしないと言えます。そのうえ、高子は地震があったとき、家にいて進也と地震の話をしています。同じ理由で、ねずみの安も容疑から除外されます。ねずみの安はあの地震を、フランケンシュタインが家を揺らしていると騒いでいた……」

「すると、島富夫を始めとする北浦組の幹部たちも白ですね。彼らは講中で成田に行った帰り、バスの中で地震に会っています。バスが止まり、電線の揺れるのが見えたそうですから、地震のあったのに気づかない者はいなかったでしょう」

「では、大門組のほうを調べましょう。久能さんの話によると、大門三郎は地震のあったとき、ナイトクラブにいて、ホステスが騒ぐのを見ていましたね。そのとき、川辺武士も一緒だった」

「……すると、残りは狭間清と志水満子になりますが」

「狭間清と志水満子は、大崎のホテルにいました。狭間は一度は進也を殺そうとし、タクシーで北浦の家に向かいますが、地震に会ったのがきっかけで、その心が変わりました。あの地震は狭間の心を変えたと同時に、狭間の容疑をも晴らしたのです」

「志水満子は、地震が起こったとき、浴室にいた……」

「地震のあったことを知っているので、満子も除外されます」

「すると……誰もいなくなってしまうではありませんか」

「いや、北浦進也をよく知っているという点で、失礼ながら私は、あなたたち暴力係の刑事さんも、容疑に入れているわけです」

私ははっとして塚谷さんの顔を見ました。塚谷さんの顔は蒼白で、苦しそうな表情になっています。

私は進也が殺された日、緊急配備のため塚谷さんに電話を掛けたときを思い出しました。

塚谷さんはこう言ったのです。「穏やかな一日で終わると思っていたのに」震度四の地震があったのに。穏やかな日とは変です。私は「寝ていたのかね?」と訊きました。塚谷さんの返事は「いや、寝てはいませんでしたが」とのこと。塚谷さんはあの地震を全く知らなかったわけです。そのとき、勝取部長は傍にいて、この会話を聞いていたのです。

「……すると、部長がさっき私たちだけで話がしたい、と言ったわけは」

「このことだったのです」

勝取部長は塚谷さんのほうを向きました。

「暴力係の久能さんは、署の部屋で地震に会っています。残るのは塚谷さん。あなたは、北浦進也を殺したとき、地震のあったのを知りませんでしたね。あなたは地震のとき、どこにいたのです?」

塚谷さんは部長の質問に、はっきりと答えました。

「私は北浦の家に向かう途中で、地下鉄に乗っていました。……電車は二、三分途中停車しましたが、それが地震のためだとは全然気がつきませんでした……」

私には塚谷さんの気持ちが、痛いほどわかるのです。

塚谷さんは若く、人一倍正義感の強い刑事でした。暴力を憎み、少なくとも、自分の管轄《かんかつ》する戸根市だけは、暴力団のいない清潔な市にしたい。これは私としても同じでした。ところが、現実にはどうでしょう。市には二つの暴力団が拮抗《きっこう》し、その勢力は大きくなるばかりです。そのころ暴力団同士白昼路上で小ぜり合いを起こしたりするような事件まで起こっている。これに対し、警察は個人の自由と尊厳を守る理由で、捜査や訊問にもいろいろな法律が定められています。警察はそうした制約の中で働かなければならない。一方、暴力団はこうした警察の限界を逆手《さかて》に取り、合法的な手段で肥りのさばるばかりだ。北浦組などは、何人人を殺害したかわからないが、いずれも逃げおおせている。狭間清の罪も、あれこれ考え合わせれば、あまりにも軽すぎる。警察組織の中で活動しようとすれば、暴力団を全滅させるどころか、力を弱めることさえむずかしい。こう思い当たったとき、塚谷さんは自分個人の力で、非合法にそれをやり抜こうと決心したわけです。

それは、警察に狭間清が現われたのがきっかけで、実行に移されることになりました。

塚谷さんはこう言います。

「私は狭間が帰った後、久能さんにこう訊きました。――狭間のために、北浦組にごたごたが生じ、組の内部から分裂が起こって破壊してしまうというようなことは起こりませんか？ 久能さんはそんな都合のよい事態にはならないと笑いました。狭間は組には帰らないと聞きますと、狭間が戸根市にいる間がいい機会だと思えました。北浦を殺し狭間を犯人に仕立て、正当な罰を与えるチャンスです。狭間が北浦組の楯代わりになったのなら、私も市民の楯になろう。そう決心し、狭間の残した煙草の吸い殻を、そっとポケットに入れて署を出たのです」

「それは小細工にすぎるようだった」

と、勝取部長が言いました。

「狭間は刑務所を出てから、どの暴力団の組員とも接触していないのだ。狭間が犯人でないとすると、彼の煙草の吸い殻を簡単に手に入れることができた人間は、ぐっと限定されてしまう。それは警察の暴力係の部屋に出入りした人間か、志水満子しかいない」

「あれは予定にはなかったことです。狭間が煙草を吸うのを見ていて、とっさに思い立ったのです」

「北浦進也に電話を掛けたのも、君だったんだね」

「そうです。進也が家にいるのを確かめなければなりませんでした。最初、高子が出たので、私は大門組の者だと偽りました。高子には私の本名を知らせてはなりません。進也が電話に出たとき、暴力係の塚谷だと、本名を名乗りました。大門組も同じですが、暴力団はしきりに警察と手を握りたがっています。大門三郎は露骨に金銭を私たちに渡そうとしたこともありました。北浦ももとから私に接近を求めていました。私を手の内に入れ、警察の情報を手に入れたがっていたわけです。私は北浦に電話で、狭間が署に現われた。それについて、内内で話がしたい。私が北浦と会うところは、誰にも知られたくない、と言ってやりました。狭間が進也を狙っていることを臭わせると、私を警戒しなくなりました。進也は外で会うより家のほうがいいと言い、八時前後、裏門と非常口を開けておく、と約束しました」

「進也を殺したのは？」

「正確に言うと、八時十分でした。一度心に決めると、恐いものはなくなりました。私は進也が開けておいた裏門から入り、非常階段を登って進也の部屋に入ると、用意したナイフで、進也を一突きにしました。進也は声も立てず虎の敷物の上に倒れました。電話が録音機に接続されているのに気づいたときには、一瞬ひやりとしましたが、中のカセットテープを抜いておけば安心でした。その後で、私は大時計の時刻が変なのに気づいたのです」

「進也の部屋にあったテープは？」

「私の部屋の机の引出しを捜してください。テープには北浦組を撲滅できるほどの、重要な声も含まれていました。それは麻薬の取引に関する情報ですが、私はそれを使い、組を叩き潰す気でした」

私は塚谷さんが、暴力団撲滅の鬼になった姿を見ました。

塚谷宰治さんの心情、まことに同感できるものの、法律を守る立場にありながら、あえて自分個人の判断によって、社会の規律に反する、殺人という最大の罪を犯したことは重大です。裁判官もこれを強調し、塚谷さんに無期懲役の刑を言い渡しました。塚谷さんは素直に自分の非を認め、刑に従いました。

塚谷さんの逮捕は、私たち警察官の胸を深く締めつけました。

こうなれば、弔い合戦です。すでに北浦組では、組長と大幹部を失って、力が弱まっている。

私たちは塚谷さんが手に入れたテープをもとにして、追い討ちをかけるように、北浦組の組員を、次々に逮捕しました。

大門組も同じことです。利口な三郎はその間静かにしていましたが、部下の鉄砲不法所持を見つけ、大門組を家宅捜査、多数の証拠品を手に入れました。私たちは塚谷さんの代わりに、身体をなげうって出たのです。

事件が明るみに出、私たちの意気込みを知ると、市民のほうでも協力的になりました。こうして、警察と市民が一致団結して、市が始まって以来の、暴力団撲滅の気運が盛り上がったのです。日ならずして、戸根市に勢力を張っていた二つの暴力団は、完全に姿を消してしまいました。塚谷さんの宿願であった、暴力のない清潔な市が、このようにして誕生したのであります。

裁判の間中、塚谷さんの刑が決まるとなおさら塚谷さんに対する減刑を嘆願する手紙や署名が無数に寄せられ、私たちを感激させました。

服役後の塚谷さんの活躍は、ここで申し上げることもありません。信仰心厚く自己を反省し、どんな仕事にも情熱を傾けています。それを認められ、何回かの特赦《とくしゃ》、減刑を受けておりますがまだ服役中。当刑務所の誰からも信用され、今では刑務所になくてはならぬ人となっております。

当会場にお集まりになった皆さんも、塚谷さんをよき手本として見習い、一日も早く社会に復帰する日を願って、私の話を終わりたいと思います。

御清聴ありがとうございました。

芍薬《しゃくやく》に孔雀《くじゃく》

武田《たけだ》刑事さん、それでは何事も包み隠さず申し上げます。

取調べの係が武田さんだということで、本当によかったと思っています。お蔭で固くならずに喋《しゃべ》ることができそうです。

はい、承知しています。これから話すことは、正式の供述調書になるわけですね。私も十分注意して、ありのままを話すつもりです。

これが済めば、一件落着でしょう。仕事の後の一杯は、また格別ですからねえ。私も早く肩の荷を降ろして、楽な気持ちになりたいものです。

私も取調べを受けるのは、こんどが初めてじゃあありません。昔は、余計なことを喋ろうものなら、すぐ拳骨《げんこつ》が飛んで来ました。今はそんなことはない。年寄りに対する態度もきちんとしていらっしゃる。いい時代になりました。

最初に——名前ですか。

重円太郎《じゅうえんたろう》と申します。重円は円を重ねると書きます。十円玉の十円じゃありません。昔は十円といえば相当使いでがあった金額ですが、今じゃ駄菓子も買えなくなりましたねえ。名前は物価みたいに値上げすることができませんから、何だか安っぽい名前になってしまいました。本籍では太郎は漢字でなく、仮名でタローとなっているはずです。名前は安っぽくっても、外国人には発音し易い名前ですよ。タロー　ジューエン。どうです。例えば刑事さんの、ノブヒコ　タケダを外国人に言わせてごらんなさい。ええ、舌を嚙んじゃいますね、きっと。

産まれはロサンゼルス。ええ、父の代にあちらへ移民しまして、私はその二世ってやつです。私が十歳のとき、両親が続けて病死してしまいました。お袋はアメリカ人で、その妹が私を可愛がってくれていたんですが、ちょうど重円の本家に跡取りがいなくなったというころから、東京に引き取られました。そういうわけで、籍は仮名になっていると思います。現住所は文京区《ぶんきょうく》北千石《きたせんごく》三の十二の一。年齢は七十七です。家内ですか？　ちょうど十年前の秋、亡くなりました。子供はありません。いえ、家内は日本人で。両親を亡くしたときはただ夢中で、落ち着いて悲しむなんてことはありませんでしたが、家内の死はショックでしたね。たまたま同じ日、来年は小学校に入学という子供を、車に轢《ひ》き逃げされた人のことが新聞に載っていました。それを読みながら、世の中には自分などより辛い思いをしている人もあるのだと、独りで心を慰《なぐさ》めていたことを覚えていますよ。

東京に引き取られて来たものの、言葉や習慣がまるで違うでしょう。親父はもう日本には帰らない覚悟でいましたから、私の教育は全部アメリカ式でした。言葉は通じない、毛色が変わっているから、変な目で見られる。つくづく嫌になりまして、夢にまで故郷を見ていました。

それでも、十六まで辛抱《しんぼう》していましたが、その年になった春、何がきっかけになったか、今じゃ覚えていませんが、えいとばかり渡米しました。いえ、密航です。サンフランシスコに向かう貨物船の船艙《せんそう》に、油虫みたいに潜んで海を渡った。金門橋《きんもんきょう》が見えると、そのまま海に飛び込んで、大陸まで泳ぎ切った。この前後の冒険譚《だん》は面白いんですが、はあ？　今度の事件とは関係がない。じゃあ、そのうちゆっくりとお話しすることにしましょう。

サンフランシスコから、懐かしのロサンゼルスへ。叔母を頼りまして、少しの間厄介《やっかい》になりましたが、男としていつまでもぶらぶらしてはいられない。その心情を説明して家を出、料理屋の下働きからホテルのボーイと転々とするうち、ライタの安《やす》という人物と知り合いになりました。

ライタの安はその頃、ロサンゼルスの親分だった人です。私はこの安に気に入られまして、秘密の賭博場で働いたりするようになった。そのとき、カードの扱いを覚えたのです。

もともと私は日本人の血を引いていますから、指先が器用に動く。こいつは物になりそうだと思われたんでしょうね。いえ、教えてくれたのは、安ではなく、オーエンという賭博師でした。まあ、どんな仕事によらず、専門家になるためには、厳しい修業は当たり前ですが、賭博師は独得の才能を磨《みが》きあげなければならない。最初にルーレットの扱い、チップの配り方集め方、ダイスの振り方、カードのシャッフル、客に対するマナーから、喧嘩《けんか》の技術、警官との対応まで、なんでもこなさなければならない。無論、いかさま賭博にも精通する必要がありますから、詐欺師のトリックを覚え、掏摸《すり》のような技術も身につける。

オーエンがとりわけて得意にしていたのは、ダイスとカードでしたね。ダイスでは、その頃、ブランケットロールとか、ロールショットと呼ばれていた投げ方。オーエンがこの手を使うと、大体、自分の思う目が出ていました。そりゃ、トリックダイスを使えば、必ず思った目は出ますが、オーエンの場合は指先の技術がともなうから完璧でした。

トリックダイスで本当に難しいのは、すり替えの時期と、最後の処理。最初からトリックダイスを使うことはありませんから、最もいい機会を狙って、すり替え、使った後はまた元のダイスに戻さなければならない。オーエンの手に掛かると、まるでダイスを睨《にら》んだだけで、そのダイスがトリックダイスに変わってしまう、と思うほどでした。

カードではボトムディール。これはカードを配るとき、トップから順に配るように見えていて、実は一番下のカードが引き出される技術で、色々なフォールスディールの中でも、最も難しいものとされています。オーエンの技術はここでも神業でした。普通フォールスディールを行なうときには、メカニックグリップという、カードをおおい隠すような、特殊な持ち方をするんですが、オーエンはそんな持ち方をしませんでした。それでいて、三十センチほどの目先で、底から引き出すカードが見えない。オーエン独自の技術で、賭博師はそんな特技をなかなか他人には教えたがらないものですが、オーエンは私の熱心さが気に入ったものとみえて、その呼吸をくわしく教えてくれました。最後には、タローの方が俺よりうまい、と言ってもらえるほどになりました。

その他にも数多くの技術を習いまして、これでよしとなると、賭博場へ出入りが許される。それから、五、六年、面白おかしく夢のように過ぎてしまいました。ええ、禁酒法が敷かれていた時代で。いや、酒にはあまり困りませんでしたね。戦時中の酒と同じで、あるところには、いくらでもありましたから。

そうこうしているうちに、アル カポネが逮捕されたのが皮切りで、全米の暴力団が粛清《しゆくせい》されて、ライタの安も捕まってしまいました。私はそこで日本へ強制送還され、帰ってみると、戦争でしょう。苦労しましたよ。何しろこんな顔をしているものですから、スパイの容疑で、何度警察に連れて行かれたかわかりません。戦後はアメリカで覚えたダンスの教師などしていました。

ええ……おっしゃるとおり、結婚詐欺《さぎ》で実刑を受けたことがあります。

いや、私は結婚するつもりで付き合っていたんです。相手の女性の家族が、私との結婚に反対で、どういうわけか、結婚詐欺ということになってしまいました。今更弁解する気はありませんが、そうなんです。全く、前科などと言われるのも恥ずかしい気がしますよ。

さすが、重要参考人にはお調べが行き届いていますねえ。感心しました。いや、皮肉ではなく。

キャラバンなら頂戴《ちょうだい》しますが……、ハイライトしかない……、それじゃあ遠慮しましょう。

煙草《たばこ》ですか？

いえ、頂いたも同じです。

どういうわけか、キャラバンしか吸わないのです。女性なら、どこの国の女性でも大歓迎ですがね。その代わり——と言っちゃ、図々しいかしれませんが、お水を一杯頂けませんか？ やあ、そっちの刑事さん、お使い立てして、申し訳ありませんね。

連れの女性ですか？

はい、あれはお見通しのように、正式の妻なんかじゃありません。少々とうは立っていますが、私のガールフレンドです。

若く見えるでしょう？ あれで、六十九歳になります。神田《かんだ》の呉服悉皆屋《しっかいや》の大奥さんで、駒《こま》さん。若い頃には般若《はんにゃ》みたいな顔だったそうですが、ちょっと想像できないでしょう。あんなに上品で色気のある婆さんは、ざらにいませんね。年を重ねてゆくうちに、綺麗になる女性も、まれにはあるものです。気立ては優しいんですが、あれでなかなか芯はしっかりしています。

歯医者で知り合いになりました。なに、歯は丈夫です。犬歯が差し歯になっていますが、これはアメリカにいたとき、喧嘩で折れたものです。その他には、一本の虫歯もありません。歯医者へは、毎月一回、歯石を取ってもらいに行くんです。そこで駒さんと知り合ってから、二、三年になりますか。

駒さんの夫は気の毒に、四年前から腰が抜けて、立つことができないそうです。店には駒さんの息子夫婦、四、五人の店員が働いている。店の運営は全部駒さんが中心で、ですから、ときどきはこうした息抜きがなくては生きてゆけないでしょう。

年を取ってからの情は、また格別なものがありますなあ。思い遣《や》りが深くって、とりなしが細やかで手厚い。そりゃ、若い女性も悪くはないんですが、何せ経験が浅いでしょう。なかなか思うようにはならない。複雑な味わいにまだ鈍いところが欠点です。

食べ物に似ていると思います。若いうちは、大盛りのカレーライスを立ったまま胃袋に押し込んでも満足だ。けれども、私ぐらいになると、なかなかそれでは満足しません。前盛りがあってお吸物、酒は欠かせませんで、煮物に蒸物、焼物に口代わり、季節に本場と、通じているから欲が多くなります。駒さんも同じだとみえて、気がよく合います。ただ、朗らかだが、ちょっとそっかしいところがある。

四国の金刀比羅《こんぴら》様に行きたいと言い出したのは、駒さんです。旅行社に行くと、ちょうど四泊六日のツアーがあると教えられて、すぐに申し込んだのです。会員は三十名前後、行きは一万トンの沿海航路の大型フェリーで、金刀比羅宮から道後《どうご》温泉、瀬戸内海《せとないかい》観光船で高松《たかまつ》へ、帰りは大阪から飛行機で東京に戻るという旅です。

東京湾フェリーターミナルから出航したのが、九月二日の四時二十分。

私は何度も太平洋を渡っていますから、海の香りと船独得の匂いをかぐと、いつも青春が戻って来る感じがするんです。天候にも恵まれていましたね。暑くなく寒くなく、いい旅でした。

五色丸は巨大な船体を青、黄、赤、白、黒の五色で塗り分けた、きらびやかな豪華船です。だが、これを見た駒さんの言い草がいい。

「何だいこりゃ。まるで悪趣味だね。まるで、継ぎはぎを巻きつけた、西洋五色（乞食）だ」

駒さんにあっちゃ敵《かな》わない。

特等室は三階の端。ツインのベッドに、三点セット。バスルームも広々していまして、部屋に入った駒さんは、すっかり気に入ってしまった。

部屋に手荷物を置いて、送迎デッキへ出てみる。船はもう静かに動き始めていて、夕暮れが迫る街には、色とりどりの灯が、さわやかな海風の中に、数を増しています。空港の方向には、離陸する飛行機も見える。

「きゃあ。東京タワーも見えるわ」

駒さんは娘に帰ったように声を弾ませました。

夕食は、久し振りにナイフとフォークを動かしたいという駒さんの注文で、レストランに入りました。

つまみにスパイスビーフ、サーモンマリネ、ピリカムとベークドポテト。シャトウミンクを開けまして、ワイン風煮込みシチュー。サーロインステーキはビール牛で、後はストロガノフにバターライス添え。キジのパテパイ包みにあさりの八幡蒸しを頂戴してから、大盛りのサラダと特製の五色アイスクリームにリキュウルをたっぷりかけて、次は確かブランデーを乾杯したはず。年甲斐もなく食らい酔ってお羞《はずか》しい限りです。

駒さんもずいぶん御機嫌に酔いましたが、後がよくなかった。

私がひと足先に部屋に戻ってしまったのが失敗で、駒さんが部屋を間違えたのです。

「謝って来てよ」

と、駒さんが言います。

よく聞くと、隣りの部屋と間違え、酔いも手伝って、威勢のいい啖呵《たんか》を切ってしまったと言う。

「何でもいいから、謝って来ればいいのよ」

食後のために買って来たブドウを手土産《てみやげ》に持たされまして、隣りの部屋をノックする。

「ただ今は、家内が大変無礼なことをしたそうで……」

と、詫びると、部屋にいた人はけげんな顔になりました。

これも駒さんのしくじり。

駒さんが間違えた部屋というのが、右隣りでなくて、左隣りだったのです。

そのとき、右隣りの部屋にいあわせたのが、刑事さん、あなた方御夫婦でした。

武田信彦《のぶひこ》という名刺を頂戴しました。

「中央交通安全対策連盟杉並《すぎなみ》支部長」という肩書でしたから、真逆《まさか》、警視庁の刑事さんとは思いません。お仕事に関係ないときにはこの名刺を使っていらっしゃる……なるほど、細かい心遣いですね。

奥さんの弥生《やよい》さん。やさしい方で、私の間違いを少しも気にせず、一度は渡しかけたブドウを無理に私の手に持たせて下さった。お蔭で、助かりました。

駒さんが間違えたのが一〇三号室。落ち着いて番号を確かめれば、間違うわけはないんですがねえ。

この部屋にいたのが、関口春雄《せきぐちはるお》という人でした。年齢は刑事さんと同じ五十歳前後。四角い顔の、ちょっと取っ付きにくい感じの男で、なるほどこの人だったら、自分のかわりに私を詫びに行かせる駒さんの気持ちも判りました。

関口さんは愛想がよくはない代わりに、奥さんの八重子《やえこ》さんは如才《じょさい》のない方で、私の挨拶《あいさつ》にかえって恐縮して椅子をすすめてくれました。話してみると、若くてなかなかの美人でしょう。その上、もてなしの上手な社交家です。八重子さんは駒さんの気性がとても好きだと話しました。何でも、亡くなった自分の母親そっくりだということです。

まあ、駒さんのそそっかしいお蔭で、武田、関口夫妻とも知り合いになれたわけなんです。

翌朝、勝浦《かつうら》港を出たところでレストランに行くと、八重子さんが見つけて、同じテーブルに誘って下さいました。前後して朝食に来た武田さん夫妻とも一緒になって、八重子さんと駒さんが話し上手なものですから、私たちはすぐに打ちとけた雰囲気になりました。

関口春雄さんは中学校の校長で歴史の専門家。そう言われると、古武士を思わせるようなところがありますよ。武田さんの名刺を見て、

「お父様は武田信玄《しんげん》のファンでしょう？」

と、当てました。

何でも、信彦さんの彦は「ゲン」と読むことがあるそうで、武田さんにそういう名を付けた人は、当然信玄を意識していたに違いない。そういう推理でした。

固い話はともかくとして、話題が子供のことになると、四角な顔も崩れるものですね。

関口さんの一人息子は高校三年生。野球部のキャプテンで、今年の高校野球では、甲子園で活躍した、と話すとき、関口さんの目がなくなってしまいました。

「そんなに立派な息子さんなら、奥さんも鼻が高いでしょう」

と、駒さんが言うと、八重子さんはいたずらっぽく笑いました。

「普通の親子より、愛情は複雑ね。だって、あの人はわたしの本当の子供じゃないんです」

「では……」

「そう、わたし、お嫁に来たばかりなの。ですから、愛情は本当の愛に近いかも知れないわ」

関口さんの古武士みたいな顔が歪《ゆが》んだのを覚えています。

「武田さんのお子さんは？」

駒さんが機転で話題を変えました。

「……うち、子供はいないんです」

弥生さんは言葉少なに、男の子が一人いたが、小さいときに亡くし、この旅行は高松にある菩提寺《ぼだいじ》へ墓参を兼ねたものだと話してくれました。駒さんはいよいよ困って、

「ねえ、わたしたちの息子はどうなったでしょう」

と言うから、

「あのどら息子は世話を焼かせすぎるから、どら焼きになっているだろう」

と答えましたが、咄嗟《とっさ》にしてもひどい洒落《しゃれ》でした。

その日の夕方、徳島港に着きまして、市街を見物して徳島で一泊。翌日は徳島から池田《いけだ》を回って琴平《ことひら》へ。三日目は金刀比羅様参り。駒さんと二人、あの石段を一気に駈け上がったときは、皆さんびっくりされたようですね。二人とも、足は達者で、あんなことでびっくりしてはいけません。連日の駒さんと夜の……いや、これはどうでもよろしい。

ツアーの参加者は皆いい人たちばかりでした。何かにつけて、私たちが年寄りだと

いうことで気を配って下さる。一番年かさが私たちで、四十から五十ぐらいの夫婦や、兄妹の組、若いアベックもいましたね。ほら、いい形をしたお尻の美人が……。

実は私の股《もも》には、三つばかり大きな新しい痣《あざ》が付いています。私がその子のお尻を撫ぜるたびに駒さんが見付けて、つねった痕《あと》なんです。いや、いくつになっても、女性には苦労させられます。

けれども、だいたいいつも一緒だったのは、私たちと、関口さん、奥さんの八重子さん、武田さんに弥生さんの六人でしたね。同じ東京に住んでいるからでしょうか。私は今は世田《せた》谷《や》にいるんですが、駒さんが神田、関口さんは九段《くだん》に住んでいたことがあり、弥生さんの実家もたまたますぐ近くで、そんなことから話がよく合ったんでしょう。

添乗員も心得て、ホテルの部屋や、バスの座席がいつも近くになるように気を配ってくれました。

金刀比羅様を参拝しまして、大歩危《ぼけ》から桂浜《かつらはま》、砥部焼《とべやき》を回って道後温泉へ到着。次の日は石手寺《いしてじ》、子規堂《しきどう》、豊浜《とよはま》とぎっしり詰まった日程。それから関西汽船のフェリーで瀬戸内海の大自然の中を高松から大阪まで。最終日は飛行機で帰途につくことになるわけですが、行く先々の名勝奇観、瀬戸の自然に恵まれた風景を十分に堪能しました。けれども、その旅行の印象は、瀬戸内海を航行中、私が手にした一組のカードから受けた感動には、とうてい足元にも及ばなかったのです。

その日、フェリーは豊浜を十二時二十分に出航、高松着は五時二十分の予定でした。

旅行の間、天候には恵まれていまして、その日は午前中は穏やかな晴天でしたが、午後になると雲が広がり始めて、灰色の波が霧に包まれてしまいました。三時を過ぎる頃には薄墨《うすずみ》色に煙っていた島影も見えなくなり、デッキにいてもつまらなくなったものですから、部屋でテレビでも見ようかと、駒さんと立ち上がりました。

観光フェリーは五色丸より大きくはありませんが、三千トンの特等室は、矢張《やは》り贅沢《ぜいたく》でした。

デッキを歩いていると、関口八重子さんが向こうから来ました。

「呼びに来たのよ。武田さんたちも待っているわ。トランプでもやりましょうよ」

「トランプ——いいわね」

駒さんはすぐ乗り気になって、

「いつも孫たちが相手なの。張り合いがなくってね。本場で鍛《きた》えた腕を、ぜひ見たいものだわ」

と、私の顔を覗《のぞ》き込むのを、目で制しました。駒さんは私が元、賭博場のディラーだったことを知っていますが、他の人たちは知りません。その人たちがゲームを楽しもうとしているところへ、本職が入り込んだのでは、具合が悪いでしょう。何も知らない顔をして、ゲームを付き合いたかったわけです。

特等ローンジに入ると、関口さんと武田さんたちは、テーブルを囲んで、私たちが来るのを待っていました。古武士のような関口さんはゲームで遊ぶことが照れ臭いようで、

「最後にトランプで遊んだのは、何十年も昔のような気がします。ルールなんか、忘れてしまっているかもしれませんね」

武田さんも同じだと見えて、

「私も、学生のときポーカーぐらいやりましたが、今では役の作り方も覚えていません。さっきから考えているんですが……」

八重子さんは明るく笑いました。

「ゲームなんて、頭の中で考えるだけでは、思い出すことなんかできませんわ。実際にトランプを手にすれば、自然に思い出すものよ」

「どうしても思い出せなければ、わたしが教えましょう」

と、駒さんが言いました。

八重子さんは、

「そういえば、お孫さんのある駒さんが、一番ゲームには慣れているようね」

と言いながら、バッグの中から美しいカードケースを取り出しました。ケースを開けると、同じ裏模様ですが、ちょっと色違いの二組のカードが並んでいます。八重子さんは無造作に、

その一組を取り出し、

「さあ、最初は何にしましょう。ポーカー？　それとも……」

皆を見渡しながらカードをシャッフルし始めました。

カードに慣れない八重子さんの手付きを、ぼんやり見ていたんですが、カードの裏模様が、芍薬《しゃくやく》と孔雀《くじゃく》をデザインしたものだと知ったとき、私はシャンデリアが頭の上に落ちてきたほど、びっくりした。

本当に、息も止まってしまったんです。しばらく呼吸を整えてから、

「八重子さん、ちょっと、そのカードを拝借……」

きっと、恐い目になっていたでしょう。

「これが……どうかしまして？」

八重子さんは私の見幕《けんまく》に戸惑った様子でしたが、私が、差し出す手に、そっと一組のカードを乗せました。私はそのまま、物も言わずカードの裏模様に見入りました。

カードはポーカーサイズで、その模様は芍薬と孔雀に間違いありません。鏡のように狂いのない平面に、美しい多色刷りの印刷。一見落ち着いた色調ですが、見るほどにデザインはきらびやかな交響曲を奏で始めるようです。

私は一組を表向きにし、カードを両手の間に広げて、一枚一枚に目を通しました。ダイヤモンド、クラブ、ハート、スペード。各スーツはどこの国のカードにもない特徴があって、

特に絵札のデザインは東洋の色が濃く、夢幻的な気品に溢れています。

最後に私はカードの触覚を味わいました。カードを揃えると、表面の仕上がりが理想的な滑《なめ》らかさだということが判ります。片手で持つと、しっとりとした重さ、裁断された端の丸やかさ、そして、何よりも上質なカードだけが持つ肌触り。

これぞ、幻のカードと言われ、名品中の名品とたたえられた「ピーコック」に間違いない。噂にだけ聞いていて、まだこの目で見たこともなかったピーコックが、今、私の手の中にある。ちょうど、歴史にだけ名をとどめている美妃が突然現われ、私と添い寝でもしているような気持ちです。だが、これは、夢ではない……。

「重円さん、どうしたんですか?」

声を掛けられて、我に返りました。

カードをそっとテーブルに置いて、八重子さんに訊きました。

「このカードは、どこで手に入れられたものですか?」

「どこって……」

八重子さんはいぶかしそうに私の顔を見ました。

「……確か、家の応接室のキャビネットの奥に入っていた、と思います」

「じゃあ、八重子さんが買った品ではないのですね」

「ええ」

「それじゃ、関口さんがどこかで手に入れた物なのですか」

「いや……」

関口さんはちょっと考えて、

「私も覚えがありません。あのキャビネットは先の家内がよく使っていましたから、彼女の物だったと思います」

「立ち入ったことをうかがうようですが、先の奥様は何か絵の方に関係はありませんでしたか?」

「そう。絵は好きでしたね。彼女の兄が、長くニューヨークにいて、デザインの仕事をしていました。その影響を受けていたようです」

「……それで、判りました」

「独りだけで、何を合点しているのよ」

と、駒さんが言いました。

「このカードは、アメリカの有名なグラフィックデザイナー、ヘンリー ベルが生涯に一度だけ作ったカードです。市販はせず、自分の金婚式の記念品として、友人たちの間にだけ配ったのです。関口さんの義兄《おにい》さんは、きっとアメリカでヘンリー ベルと友達だったのでしょう。義兄さんはベルからこのカードを貰《もら》い、それが妹さんの手に渡った。きっとそうです」

「詳しいことは知りませんが、何かいわれの深いトランプのようですね」

「そう、カードのデザインはベルの特徴がよく出ています。裏模様の芍薬と孔雀から〈ピオニ アンド ピーコックバック〉、略して〈ピーコック〉と呼ばれているカードです。デザインは勿論《もちろん》素晴らしいんですが、見てごらんなさい、この紙の弾力としなやかさ……」

賭博師だったことを皆さんに知らせない、そんな気持ちはどこかへ飛んで行ってしまいました。姿勢を正して、カードをカットし、シャッフルする。カードは実に歯切れのよい音を立てて、気持ちよくはじけます。

皆さんは呆気に取られて、私の手さばきを見ていましたね。

「あなたは……いったい……」

とうとう賭博師のなれの果てであることが露見してしまいました。

私、ディラーを止《や》めて久しくなりますが、カードは年中傍に置いて、手放したことはありません。まあ、若いときの習慣がいまだに残っているんですね。ですから、いいカードが目に止まると、カードを買って来る。自慢にはなりませんが、各国の優れたカードや珍しいカードが溜まり溜まって、ちょっとしたコレクションになっています。けれども、これまでピーコックだけは、どうしても手に入れることができませんでした。

一度だけ、機会はあったんです。アメリカにいたときなんですが、美術品ののみの市のような会場に出品されていたのを聞きつけました。けれども桁外《けたはず》れの値が付いていて、とても手が出なかったんです。

ピーコックの製造が少なすぎたのも、高価なものになってしまった原因の一つでしょう。ヘンリー・ベル、この人の母親は日系の女性で、ベルは子供の頃から日本のさまざまなデザインに馴れ親しんでいて、後年、それ等が彼の中で、独自の世界を創り出すことになった。ベルのデザインはいずれも典雅なエキゾチック。斬新な驚きに満ちていると賞讃されてきました。ベルは凝り性でも有名で、カードを作るに当たって、まずカードの用紙を選ぶことから労力を惜しみませんでした。

カードの用紙は、三枚の紙を貼り合わせてあります。ええ、剝がしてみれば判りますがね。……剝がれますとも。少しも紙を傷めることがなく、綺麗に剝がすことができます。ええ、これには技術が必要ですが。剝がしたカードは、トリックカードとして再加工するんです。

真ん中の紙は、カードの芯になるものですから、腰が強く、しなやかでなければなりません。その前後に貼る紙は、カードの顔になります。あくまでも強く、美しく、いい肌触りでなければなりません。

印刷された後、カードは仕上げ加工しますが、これにはアイボリー仕上げ、リネン仕上げ、エアクッション仕上げなどという種類がある。ピーコックをよく見ると、リノイド仕上げのようです。

その他、裁断、カードを滑りやすくする加工など、むずかしい工程がありますが、ベルは工場にまで出向いて、細かい注文を出したといわれます。

こうして出来上がったカード全部に目を通す。少しでも反りのある品や裁断ずれをはね出し、結局、一グロスだけのカードを残して、残りを全部処分しました。一グロスというと十二ダースですから、百四十四箱。一箱には二組《ペア》のカードが入っているとしても、この世の中にはピーコックが二百八十八組しかない勘定です。

それから何年になるでしょうか。その間には戦争もありました。ピーコックを大切に持っている人も、死んで他の人の手に渡れば、ちょっと風変わりで綺麗なカードぐらいに考えて、ゲームに使われてしまうことだってあるでしょう。ゲームに使われてしまえばピーコックも他のカードと同じ、消耗品になってしまいます。ということを考えますと、現在ピーコックは何組残っているか。あってもごく少ないことは確実でしょう。私の目の前にピーコックが現われたということは、奇蹟《きせき》に近いことなのです。

関口さんのピーコックを見ると、カードの傷みはほとんどなく、大変にいい保存状態で、関口さんの先の奥さんが、ピーコックをいかに大切にしていたか、ということが判ります。

——ということを話しますと、八重子さんは今更のようにびっくりして、

「まあ、そんな貴重なトランプだなんて、少しも知りませんでしたわ。重円さんがいなかったら、ピーコックを駄目にしたところですね」

「ゲームをするのでしたら、売店に普通のカードが売っていますよ。買って来ましょうか」

「ちょっと待って」

と、八重子さんが言いました。

「その前に、ピーコックで、一流のディラーのカードの扱いを、もう少し見せていただけませんか」

言われまして、もともとピーコックを手放したくない気持ちでしたから、改めてピーコックを手に取って、片手だけのリフルシャッフルをしたり、扇形に広げてみたり……カードマニピュレーション、ちょっとしたカーディシャンまがいの技術を披露しますと、大変に喜ばれました。

途中で、色違いの、この方はやや赤味の強いバックの、もう一組のピーコックに持ち替えましたが……

「……どうかなさいまして？」

カードの微妙な変化が気になって、首を傾《かし》げたのが八重子さんに判ったようです。

「……こっちの組は、一枚足りませんね」

「持っただけで、枚数まで判るんですか？」

「それぐらいは簡単ですが……」

カードを見渡すと、案の定、ジョーカーが一枚不足しています。

普通、新しいカードの封を切ると、五十二枚のカードの他に、二枚のジョーカー、ないしは、一枚のジョーカーに、エキストラジョーカーが加えられているものです。ゲームのとき、その余分なカードは取り除かれますが。

最初手にした組には、二枚のジョーカーがちゃんとカードの中にありました。それなのに、こちらの組には一枚のジョーカーが欠けています。

それを知ったとき、ちょっとさもしい心が起こったのを白状します。

私は関口さんに切り出しました。

「どうでしょう。この一枚足りない方の組を、私に譲ってはいただけないでしょうか?」

今まで、関口さんは例の無愛想な顔で、じっと私の話を聞いていましたが、私の頼みには、

「それはどうかご勘弁願いたい。これは、死んだ家内の形見ですから」

と、はっきりと断わりました。

「では、二枚あるジョーカーのうち、一枚だけ頂けないでしょうか?」

しつっこく食い下がる。ジョーカー一枚だけなら、てっきり貰えると思いましたがねえ。

「いや、私にはその気持ちもありません」

にべもなく断わられました。

ちょっと座が白けましたが、すぐ駒さんが助け船を出してくれました。

「この人、何、子供みたいなことを言ってるの。家に帰ればカードなど腐るほどあるじゃありませんか。さあ、ショウを続けるのよ」

——私は関口さんを殺してまで、ピーコックを手に入れたい気持ちになった。

刑事さん。きっとあなたも同じ結論なのですね？

しばらくカードの扱いを見せた後、カードは元のケースに収められて、八重子さんのバッグの中へ大切に戻されました。

改めてゲーム用のカードを買いに立とうとすると、八重子さんは、

「重円さんが相手では、ゲームをする気は起こらなくなったわ」

と、言い出しました。

これは誰も同じ気持ちのようで、私が怪しい手を使う使わないなどではなく、私の目の前で、慣れないシャッフルなど見せるのは、気が引けるのでしょう。

フェリーが高松に着くのは五時二十分の予定ですが、濃霧のため到着が遅れるとアナウンサーが報じました。高松に着くまで、大分時間があります。

雑談にも飽きて、女性たちは娯楽室へ映画を見に行く相談を始めました。懐かしい女優が出演しているとかですが、私はメロドラマが苦手で、私ばかりじゃありません、男たちは映画を敬遠して、パーラーでビールでも飲もうということになり、女性たちと別れ別れになりました。

ここの時間が重要なんですねえ。私がパーラーにいたのは、三時半から四時までの三十分。ビールを飲み終わったら、何だか眠気が差したので、一人で部屋に戻って、ぐっすりと寝て

しまいました。従って、四時から五時までのアリバイがないんです。誠に遺憾ですな。

どのくらい寝たでしょうか。しきりに揺り起こされているのは判るんですが、泥沼みたいな眠りで、身体が動かない。

「太郎、さあ起きるんだ」

最後に頬を叩かれて、目を覚ましました。見ると、駒さんがいる。

「……あと三十分ばかり待ってくれ。そうしたら、昨夜より濃厚に――」

「なに寝呆けてんの。そんなんじゃないわよ。関口さんが変なの」

「関口さん？」

「わたしたち、映画を見ていたでしょう。それから一緒に部屋に戻ると、隣りの関口さんの部屋が開かないの」

「キーは？」

「八重子さんはいつもキーを持ち歩かないのよ。一度落としてこりたことがあるんですって。それ以来ホテルなどのキーは御主人が持つことにしているらしいの。映画から帰って、いくらドアをノックしても、関口さんが開けてくれないの」

「いないんじゃないか。それとも、寝ているとか」

「それが、部屋の様子がおかしいんだわ」

「おかしい？」

「ドアの下から、血のようなものが、絨毯《じゅうたん》に流れ出ているんですよ」

「血だって?」

私は立ち上がって、水で顔を洗いました。上着を引っ掛けて廊下に出る。廊下には八重子さんと弥生さんが、蒼白な顔になって、立ち竦《すく》んでいます。絨毯が赤いために、言わなければ気が付かなかったでしょう。ドアの下がわずかに変色していて、それが濡れた色だということが判りました。

武田さんが、二人の制服の係員と一緒に現われました。係員の一人が鍵の束を持っています。一応ノブを回しましたが、ドアは開きません。係員は鍵の束から一つを取り出し、鍵を開けました。

部屋の電灯はつけ放されたままでした。ドアを開けた係員が、その場で動かなくなってしまった。

武田さんが部屋に入る。その後から八重子さんが部屋を覗いて、悲鳴をあげて倒れてしまった。

一瞬棒立ちになった係員が部屋に入る。私もその後から続いて入りましたが、むっとする血の臭いに、思わず足が動かなくなりました。

関口さんはベッドの上にあおむけにひっくり返っていました。服が乱れていて、格闘でもした様子です。血は喉から流れ出し、ベッドの上から床を伝わってドアの下まで血溜まりができていますが、異様なのはその傷口で、喉に一枚のカードが深々と突きささっているのが見えました。ちょうど、カードが喉に切り込んだ風で……。

「長生きはするもんだねえ」

気が付くと、駒さんが隣りに立っている。気丈な婆さんですな。屍体《したい》をじっと見渡していましたが、

「仏さんの頰が、変に突っ張らかっていますね。何を頰張っているんだろう?」

なるほど、駒さんの言うとおり、関口さんの両頰が変にふくらんで見える。確かに口の中に何かが入っていて、その証拠には歪んだ唇の間から、白い物が見えるんです。それを見たとき、私は思わず叫びました。

「ありゃ、ピーコックの一枚だ!」

部屋を見回すと、三点セットのセンターテーブルの上に、ケースから出されたピーコックが散乱しています。青味の強い彩色《さいしき》の方の一組です。

「すると、関口さんはカードを食べているところを、殺されたってわけ?」

駒さんもあきれたように言った。

私たちの声で、死体を見ていた武田さんが向きなおり、

「済みませんが、この部屋には立ち入らないで下さい。それから、事務長さん、お医者さんを呼んで下さい。そして、海上保安本部に連絡するよう。これは殺人事件です。廊下には立

入禁止の表示を出して……」

てきぱきと指示する。

八重子さんの悲鳴を聞いたのでしょう。他の乗客が何事かと廊下に集まって来ます。乗務員も駈けつけて来まして、船はにわかにあわただしくなりました。


私たちはすぐ部屋を移されました。

間もなく移乗した海上保安本部の係官に、事情聴取を受ける。

そのとき、武田さんが警視庁に勤務する刑事さんであることを知りました。なるほど、殺人現場に立ち会って、騒ぐことなく適切な指示を与えることができたわけです。

武田さんは休暇中でしたが、最初から被害者の関口さんと行動を共にしていたということで、保安本部の係官と一緒に、事件を調査することになりました。ご苦労なことです。

船が高松に着いたのが六時半。

下船してホテルに入り、それからは自由行動のはずでしたが、私たちは参考人として、なお詳しい事情聴取を受けることになり、ホテルから動かぬように申し渡されました。

そのうちに、事件の輪郭《りんかく》が判ってくる。――いや、今朝の新聞が詳しく書いていました。

殺された関口さんの身体には、いくつかの打撲傷があったそうですね。凶器は部屋にあった円筒型のごみ入れで、これは鉄製ですから、かなり重みがある。胸に二カ所、肩、頭部などを殴打されています。けれども、致命傷は喉の創傷でした。これは、ナイトテーブルの上に置いてあった、果物ナイフ。関口さんの所持品です。

ということは、犯人は関口さんの部屋に入ったとき、凶器の持ち合わせがなかった。つまり、殺意はなかったと考えられます。何らかの理由で途中で犯人は殺意が起こり、手元にあったごみ入れをつかんで関口さんに殴りかかる。関口さんが倒れたところで、ナイトテーブルに置いてあった果物ナイフを取り上げ、とどめを刺したのです。

そこまでは犯人の行動が判る。判らないのが、その後です。犯人はその傷口にピーコックのカードを差し込んだ。これがダイヤモンドの6。更に、被害者の左右の頰にも一枚ずつのカードを丸めて押し込んだ。これはクラブのAとクラブの4。それから、左右の拳《こぶし》の中からも一枚ずつのカードが見つかりました。これは関口さんが殺される前に握っていたというより、殺されてから持たされたと考える方が自然です。更に、被害者のポケットというポケットの中、靴、靴下の中にまで何枚かのカードが分散して入っているのが発見されました。

これらのカードは、関口さんがそうしたものではない。というのは例えば靴の中にあった二枚ですが、関口さんがカードを靴の中に入れて立てば、当然カードは靴と足で曲げられて、靴なりの癖がついているはずですが、発見されたカードには、そんな癖などありませんでした。

つまり、靴の中のカードは、関口さんが倒れた後、靴を脱がされて、その中に入れられたもので、その後、関口さんは一度も立たなかったのです。

人を殺せば、犯人は一刻も早く現場から立ち去った方が安全でしょう。にもかかわらず、犯人はこうした手の込んだ細工を残しています。ということは、犯人にとって、それは絶対必要な行動だったに違いありません。

関口さんの身体の方々にあったカードは、青味の強い方の一組のピーコックでしたが、係官がカードを集めたところ、一枚だけ、ダイヤモンドの4が足りませんでした。つまり、係官の手で集められたカードは、五十一枚のカードと、一枚のジョーカーだったのです。そのダイヤモンドの4は、昨夜屍体の解剖で発見されましたが、なんと、関口さんの胃の中から出て来たという。この新事実は朝のニュースで知りました。

もう一組のカードは、関口さんの部屋を捜しましたが、とうとう見つかりませんでした。ケースごと、誰かが持ち去ったのです。

私が最後にピーコックを見たのは、ローンジで八重子さんが自分のバッグに入れたときでしたが、八重子さんは映画を見に行く前、それを関口さんに渡したのです。関口さんが、ピーコックを部屋でよく見たい、と言ったからだそうです。

特等船室のキーは、どの部屋にも二本ずつありまして、勿論、関口さんの部屋にも二本備えられていました。八重子さんがキーを持ち歩かない性分なので、部屋には二本のキーがなければなりません。ところが、捜査の結果、キーは一本しか発見されませんでした。

つまり、関口さんを殺した後、犯人はその一本のキーを使って部屋のドアを閉めて立ち去ったと考えられます。すると、犯人はキーと一緒に、ピーコックの残りの一組も持ち去ったに違いない。

犯行時間は私たちがパーラーで別れた、四時から五時までの間。

昨日の尋問では、その時間の間、私は隣りの部屋で、そうした惨事のあったことも知らずに寝ていた、と証言しました。全く迂闊《うかつ》な男だと思われたでしょうが、実際、物音一つ聞いていないのです。

昨夜はそのままホテルに泊まりました。

本来なら、一時半のフェリーで大阪に着き、大阪から飛行機で東京へ帰る予定です。高松を見物できないのは少々残念ですが、突発事故とあれば仕方はありません。せいぜい一時半のフェリーに間に合うよう、急いで供述しましょう。

朝食後、私たち参考人は、外出しないように言われまして、はい、指示に従って部屋に籠っていたわけです。

駒さんと二人。

することといえば決まっていまして。ですが、この日に限って、駒さんは無闇に執拗《しつよう》でしたね。へとへとになって消耗しつくし、降参状態でいると、駒さん、

「これでしばらく未練はあるまいから、太郎さん、年貢を納めておしまい」

と言った。

「年貢って何だね？」

変なことを言うな、とは思いましたが、考えるのも大儀でした。

「太郎さんのやったことは、皆知っているんだよ。わたしにだけは、隠そうとしたって、そうはいかない」

「何のことだい」

「まだとぼけるのかい。関口さんを殺したのは、太郎さんだろう？」

これにはびっくりしました。

「ほら、そんなに驚いて。図星だろう」

「……だが、どうして私が関口さんを殺さなけりゃならないんだ」

「問題は関口さんが殺された日さ。それまで旅行は平穏無事だったでしょう。もし、最初から関口さんを殺すつもりの男が旅行に加わっていたら、もっと早く関口さんを殺す機会はいくらもあったはずね。現場の状況も、最初、犯人は関口さんを殺す気はなかったと考えられる」

「すると？」

「犯人が関口さんを殺す気になったのは、あの珍しいピーコックを見たからだと考えるわけ。太郎さんは、あのピーコックを無性に欲しがっていたけれど、関口さんは余分な一枚のジョーカーも分けてはくれなかった。けれども太郎さんはなお諦《あきら》めず、わたしたちと別れた後も、一人で関口さんの部屋を訪ね、なおしつっこくピーコックを譲るように申し入れた。ところが、関口さんは最後までうんと言わなかったから、太郎さんは非常手段に訴えて……」

「じゃあ、なぜピーコックだけを持って逃げなかったんだね。関口さんの身体に、もう一組のピーコックをばらばらにして入れなければならなかった理由は？」

「そこよ。その理由が判ったから、犯人は太郎さんじゃなければならないという結論になったの。……いい？　関口さんはあなたが犯人だということを、皆に知らせようとして、殺される寸前に、一枚のピーコックを飲み込んだと思う……」

以下、駒さんの名推理が続きます。

「犯人は関口さんを殺した後、屍体の口の中や傷口、ポケットや靴の中にまでピーコックを押し込んだ。けれども、一枚だけ関口さんが自分の意志で入れたのでなければならないカードがあったわ。もう判るでしょう。それは関口さんの胃袋の中から発見された、ダイヤモンドの4。これだけは犯人の意志だけでは、どうにもならなかったカードじゃありませんか。犯人の立場で考えれば、関口さんが死ぬ前、一枚のカードを飲み込んでしまったが、犯人はそれを取り出すことができなかったことになる」

「……」

「これを整理すると、こうなるでしょう。――関口さんはパーラーから部屋に戻る。自分の先妻が大切にしていたカード、それが好事家《こうずか》の間ではピーコックと呼ばれ、大変貴重なカードだと聞いて、改めてセンターテーブルの上に広げて見ていました。そこへ、太郎さんが訪ねて来て、またもやしつっこくピーコックが欲しいと言う。関口さんが断固として断わると、太郎さんはマニア独得のくせで、前後の見境が判らなくなって、手近にあったごみ入れを持って殴りかかって来た。関口さんが倒れると、太郎さんは部屋を物色し、今度はナイトテーブルの上にあった果物ナイフを取り上げた。瞬間、関口さんはこれはもう殺されると思い、犯人がカードさばきの名人で、ピーコックを欲しがっていた太郎さんだということを伝え残そうと思い、とっさに一枚のピーコックを小さく丸めて飲み込んでしまったのよ」

「なるほど……」

「これが、関口さんがピーコックをしっかりと手に握っていた、あるいは、ピーコックを引き裂いた、などだったら、抜け目のない太郎さんのことだから、そんな物を現場に残しておくことはなかったでしょうね。ところが、関口さんは、ピーコックを飲み込んでしまったのです。これは取り出すことができない。そこで、頭のいい太郎さんは、ピーコックを取り出すかわりに、別のピーコックを関口さんの口に押し込んだんです。ねえ、本当の意味を隠そうとするとき、余分な物をごたごたとその回りに置いておく方法があるでしょう。結局、その手を使ったわけね」

駒さんの理論は整然としていて、ぐうの音も出ませんでした。

「……それまでして、あんなカードが欲しかったんですかねえ。まあ、出来たことは仕方がないとして、こうなった以上、早く自首することですねえ。幸い、武田さんはいい方だから、自首すれば、きっと悪いようにはしないと思いますよ。わたしが付き添ってあげますからね。早く仕度をするんです。さあ、証拠のピーコックも持って――」

「証拠のピーコックだって?」

私は本当にびっくりして、ベッドから転げ落ちましたね。

「太郎さんには悪かったんだけれど、今朝、太郎さんがシャワーを浴びている間、ちょっと荷物を調べさせてもらったわ。その黒い鞄《かばん》に、ちゃんとピーコックが隠してあった。それに、フェリーの関口さんの船室のキーも……」

私はあわてて自分の鞄をひっくり返して見ました。見覚えのあるカードケース。それに、大きなプラスチックのタッグに付いた銀色のキーも、他の品物と一緒に転がり出ました。

「それが動かぬ証拠でしょう。あなたの靴もよく調べたんですがね、少しだけれど、血もついていたわ」

「……あれは、昨日、関口さんの屍体を見たときついたんだ」

「実際はもっと前についたのを隠すために、わざわざ血溜まりの中に、もう一度足を入れたとも考えられるわよ」

私はケースを開けて、ピーコックを取り出しました。ケースは二組のカードがきちんと入るように作られていましたが、中にあったのは、赤味の強い方の一組でした。そのカードを持って、私は考え込んでしまった。

「この段になって、まだそのカードを猫ババする気なの？」

「それを言うなら、猫ジジイだろう」

「もういい加減に、観念しなさいよ」

「ちょっと待ってくれよ。――何だか変なんだ」

「どう変なの？」

私は片手でカードをじっと持ちました。

「この一組には、二枚のジョーカーが入っている……」

「そんなら不思議はないでしょう。一組がちゃんと揃っているんだから」

「いや、違うんだ。昨日ローンジで見たときは、確かにこの方にはジョーカーが一枚しかなかった」

私はカードを揃え、端にも注意しました。すると、わずかに黒ずんだ一枚が見えたのです。その場所でカットする。

「これだ――」

そのジョーカーは、他のカードに比べると、わずかではありますが汚れていることが判りました。

「……そう言えば、関口さんの身体にあったカードは五十一枚のカードと一枚のジョーカー、胃の中からはダイヤモンドの4だと、報道されていたわね。すると、あっちの組のカードは二枚のジョーカーが揃っていたのに、一枚足りなくなっているのねえ。他の人ならともかく、太郎さんがカードのことで思い違いをするわけはないしね」

私は念のためにカードを広げ、二枚のジョーカーを確認しました。

「いつまでカードをいじっているのよ」

駒さんがせき立てました。

「最後まで、犯人が太郎さんじゃなければいいと思って、ずいぶん聞き込みに歩いたわ。だけれど、犯人があなたじゃないという証拠は、どこにもなかった」

昨夜、事件が起こってから、駒さんが駈け回っていたのは知っていました。けれども、それが聞き込みだとは気がつきませんでしたね。

「昨夜の四時から五時までの間、太郎さんを見掛けた人は、とうとう見つからなかったわ」

「そうだろう。部屋で寝ていたんだから。いたとすれば、幽霊さ」

「関口さんの方は、何人かの目撃者がいたわ。最後に関口さんを見て覚えていた人は、廊下の販売機で、煙草を買っていた関口さんを、四時十五分に見ています」

それは、初めて聞くことでした。

「……それは、誰かね?」

「パーラーのボーイさん。この販売機はお札が使えないのかって訊かれたので、ボーイさんが紙幣を両替えしたんですって」

「関口さんが吸っていた煙草は、セブンスターだったね」

「旅行中、ずっとそうだったわ」

「そのときにもセブンスターを買ったんだね？」

「そう。関口さんの部屋には封を切ったばかりのセブンスターがあったでしょう」

私が一生懸命、考えをまとめようとしたとき、ドアがノックされました。急いで部屋着を引っ掛け、カードを揃えてケースの中に入れました。キーと一緒にライティングデスクの引き出しの中に放り込んだとき、駒さんが部屋のドアを開けました。

入って来たのは、武田さんと、もう一人の刑事さんでした。

武田さんはちょっと私の顔を見てから、

「失礼……」

つかつかとデスクの前に寄って、引き出しを開けました。

万事休す……ですね。

「武田さん」

駒さんはすがりつくようにして、

「これから、一緒に自首するところでした。何とぞ寛大な御処置を……」

武田さんはうなずいて、

「今から、あなた方を重要参考人として取り扱うことにします。本部まで、同行して下さい」

これから、事件の核心をお話しします。

コレクターというのは、意地の汚いもので、我ながらあきれ返っているところです。はい、ピーコックを見て、つい猫ババする気になったのは事実です。

けれども、よく考えて見ると、関口さんは死ぬ間際、ずいぶん妙なことをしたものだと思いますよ。いくら小さく丸めたとしても、カードなんて、決して飲み易い品物じゃありません。

犯人が私だということを告発する気なら、手近にもっと飲み易い物があったはずでしょう。

お判りになりませんか。

それは十円玉です。

十円玉なら、小さな子供だって、間違えて飲んでしまうことだってある。その上、私の名前が重円。カードと私とを結びつけるより、十円ならずばり重円。その方がぴったりと符合するはずじゃありませんか。

関口さんの手元に、十円玉がなかった、とおっしゃるんですか？

私も最初はそう考えました。

ところが、違うんです。関口さんはちゃんと十円玉を持っていましたよ。

これは、私がここへ連行される直前、駒さんに教えてもらったことです。

昨日、生きている関口さんを見た最後の人は、パーラーのボーイだといいます。彼は関口さんが販売機でセブンスターを買っていたときに出会っています。そのとき、小銭のなかった関口さんに、両替えもしています。

いいですか。関口さんは殺される直前、ボーイにお札を両替えしてもらい、販売機でセブンスターを買っているんですよ。セブンスターは二百二十円。販売機の釣り銭もポケットに入れたに違いありません。関口さんは少なくとも三つの十円玉を持っていたことになるでしょう。

……煙草の話をしていたら、煙草が吸いたくなりました。

いや、矢張り、キャラバンでないと。

わがままを言うようで恐縮なんですがそちらの刑事さん、キャラバンを買って来ていただけないでしょうか？　少し喋り疲れたので、この辺で一服したいんです。

そうですか……勝手なことを言って、申し訳ありませんね。じゃあ、お願いします。このテープも、一時切っておくわけですね。

……ねえ、武田さん。なぜ関口さんは殺される直前、十円玉を持っていたにもかかわらず、ピーコックの一枚を丸めて飲み込んだのでしょう？

もうお判りですね。関口さんがカードを飲み込んだ理由は、犯人とピーコックとを符合させるのではなくて、飲み込んだカードの名が犯人を暗示していたのです。

関口さんの胃袋から出てきたカードは、ダイヤモンドの4でした。

ダイヤモンドの4とは……。

ダイヤを四つ持っている人間。四のついている名前、どれも無意味です。

面白いことに、幾何学《きかがく》的な模様の基本的な形は、世界中の国で共通しています。つまり、円、三角形、四角形、五角形などは、どこの国でも模様の基本となっている。それよりちょっと複雑にした、ハート形などでも同じことが言えまして、日本の紋章のかたばみの葉の一葉はハート形になっています。紋章といえば、徳川《とくがわ》家の紋章で有名な葵の葉は、スペードと同じ形なんです。

ダイヤモンドも日本の模様の基本的な一つとして用いられているでしょう。ダイヤモンドと言うとぴんとこないかも判りませんが、ほら、菱形《ひしがた》はダイヤモンドと同じ形ではありませんか。

ダイヤモンドの4なら、四つの菱形を組み合わせた形。そう言うだけで、頭の中でその図形を思いうかべることができるでしょう。戦国時代屈指の勇将、武田信玄が用いた、かの有名な紋章、武田菱《たけだびし》……。

おや、武田さん、顔色が変わってきましたね。どうしました?

大丈夫、この部屋には私たち二人しかおりません。テープも切ってあります。

話は飛びますが、この尋問の最初に、私が家内を亡くしたときのことをお話ししました。身寄りの少ない私にはかなりの打撃でした。たまたま同じ日、来年は小学校に入学という子供を、車に轢き逃げされた人のことが新聞に載っていまして、世の中には自分などより辛い思いをしている人もあるのだと、独りで心を慰めていた、と話しましたね。

今、その新聞の記事を思い出しているところなんです。はい、その記事は何度も繰り返して読んでいたので、かなり細かなところまで覚えているんです。事件はかなり大きく取り上げられていました。子供を轢いた車は、屍体を現場から運び去り、国道の傍に捨てた手口が残酷だということでした。そして、今、被害者の父親が、警視庁に勤めている方で、名前が確か、武田さんだったことを思い出したところです。

それに、関口さんは九段に住んでいたことがあるそうで、武田さんの奥さんの実家も九段にあります。この二組の家族を結び合わせることは、とても重要に思われますねえ。

ここで、私は一つの物語を考え出しました。なに、フィクションですから、気軽に聞き流して下さい。

私の物語の中に出て来る武田さん夫婦の間には、一人の息子さんがいて、来年は小学校に入学。可愛い盛りです。奥さんに連れられて、よく実家へ遊びに来るんです。

その近所——それがどのくらい近所だか判りません。男の子というのは、意外に遠くに友達を作ることがありますからね。武田さんの奥さんの実家の近所に、子供さんの友達がいました。その子は母親の実家に行くと、その友達と遊ぶのを楽しみにしていました。親たちに面識はなく、ただ子供たちだけの遊び相手だったでしょう。年齢は……そう、大体同じくらいと考えて下さい。相手の名は、関口さんとしておきます。

たまたまその日も、武田さんの子供は母親の実家に連れてこられ、関口さんのところへ遊びに行きます。

その関口さんの応接室に、ペアのピーコックがあったのです。

関口さんの子供が見せびらかしたのでしょうが、子供のことですから、武田さんの子供も、その美しいカードが欲しくてたまらなくなってしまいました。けれども、関口さんの子供は、そのカードは母親が大切にしていることを知っているので、彼にやってしまうことができません。

そこで、武田さんの子供は、昨日の私と同じことを言ったのです。

「ねえ、それなら、ジョーカーを一枚だけくれないかなあ。ジョーカーなら同じ物が二枚あるんだから、一枚ぐらいくれたって、いいじゃないか」

私は関口さんに断わられましたが、関口さんの子供は、仲良しの友達に言われたことですから、母親に秘密を約束した上、ピーコックの赤味の強い方の組の中から、一枚のジョーカーを抜き出して、武田さんの子供に与えたのでした。

そのうち、家の中の遊びに飽きて、庭に出て遊ぶ。ところが、関口さんの家の庭にはガレージがあって、ちょうど、ガレージに入るところだったか、出るところだったか、それは判りませんが、運の悪いことに、車の傍にいた武田さんの子供を轢いてしまったのです。

子供を轢き殺した関口さんはねえ、学校の教員。自分の将来を考えると、どうしても警察に自首することができませんでした。死んでしまった子供や家庭には申し訳ないと思いながらも、目撃者のいなかったことを幸いに、自分の子供には病院へ行くと嘘を言って、自宅から離れた国道に、武田さんの子供を置いて、帰って来てしまったのです。

武田さんの子供の遺骸はすぐ発見されましたが、どこで轢かれたものか、全く判りませんでした。

ただ、捜査の手掛かりになる品が、一つだけありました。武田さんの子供のポケットに、大切にしまわれていた、一枚のジョーカーなんです。見慣れないカードですから、武田さんの子供が持っていたのではないことが、すぐに判ります。このカードを与えた人を捜せば、武田さんの子供がどこで遊んでいたかが判るはずです。

——ところが、そのカードは特殊でありすぎました。

世界でも何組とないピーコック。私が日本にあるのでさえ奇蹟と思ったほどでしょう。しかも、製造会社の名が入っていない一枚のジョーカーだけでは、どうすることもできません。カードを取り扱う会社でも知らなかったかもしれませんね。こうして、執念の捜査も壁に突き当たり、捜査本部は解散。武田さんの口惜《くや》しさは、どれほどだったでしょう。月日は流れて十何年かになりましたが、この間、一日たりとも武田さんは亡くした子供のことを忘れた日はなかったでしょう。

ところが、計らずも昨日、何ということでしょう。そのピーコックが目の前に現われたのです。

しかも、そのピーコックには、一枚のジョーカーだけがなくなっている。

折りしも墓参の前日。自分の息子の導きでなくて、何でありましょう。

そのジョーカーこそ、自分の息子が大事に胸にしまって死んで行った一枚ではありませんか。

聞けば同じ年頃の関口さんの息子さんは、高校三年生。野球部の選手で、今年の高校野球では、甲子園で活躍したと、関口さんは目をなくしている。じっとそれを聞く武田さんの気持ちは、煮えたぎる坩堝《るつぼ》のようだったでしょう。

ピーコックのジョーカーは、死んだ息子の形見として、轢き逃げの犯人の証拠としても、武田さんは肌身離さず持っていたのです。

関口さんがピーコックを持っているのを見た直後、関口さんが独りで部屋に行くのを幸いに、武田さんは関口さんの部屋のドアを叩き、全てを話しました。その前に、隣室にいる年寄りに睡眠薬を飲ませるのを忘れませんでした。パーラーでビールを飲んでいるとき、楽にできたはずです。

　武田さんは、最初、関口さんを殺す気はありませんでした。関口さんが一片の謝意を示せば、こんな事件にはならなかったでしょう。だが、関口さんは、あくまで知らぬ存ぜぬで押し通そうとし、反対に無礼な態度にも出たと思われます。堪忍の限度も越え、かっとした武田さんは、手元にあったくず入れに手が伸びました。

　殴り倒された関口さんは、武田さんが他の凶器を物色している隙に、テーブルの上に広げられていたピーコックの中から、ダイヤモンドの4を見つけて、手早く飲み込んでしまいました。武田さんはそれを見たのですが、止める閑《ひま》がなかった。

　これをカムフラージュするため、駒さんの言うように、武田さんは相手の傷口や口の中に、残りのピーコックを押し込んだのです。

　証拠のジョーカーは、十何年ぶりかで元の一組の中に戻されましたが、その大切に扱われていたというものの、手に取られることが多かったとみえて、黒ずんでいましたよ。

「そうなんでしょ？」

「ところが、その後困ったことに、あなたは小細工をやりましたね。

　この罪を、老い先の短い、不良爺《じじ》いにおっかぶせてしまおうとして、ピーコックと部屋のキーを持ち出して、私の鞄の中に放り込んだ。

「そりゃ、私が身代わりになってあげられれば、一番いいんですが、残念ながらまだこの世に生きていたいんです。その理由は、ロサンゼルスにいる、私を可愛がってくれていた叔母が先年亡くなりまして、ちょっとした遺産が転がり込んだのです。十エーカーばかりの土地と、お金なんですが、それを使い切らないと、勿体《もったい》ないですからねえ。この旅行を最後に、ロサンゼルスに移ろうと思っているところなんです。

駒さんが何が何でも私を犯人に仕立てたい気持ちも判ります。彼女、どうしても移住には反対でね、刑務所でもいいから、私を日本に置いておきたいんです。女性は本当に可愛くって、恐ろしいことを考え出します。

そういうわけですから、私を犯人にすることだけは思いとどまって下さい。他のことでしたら、どんな協力も惜しみません。

それに、昨日ローンジを出たとき、私はピーコックの一組を自分のものにする気は、全くなくなっていたんです。

これは本当です。

関口さんが殺されて、ピーコックが私の鞄の中から出て来たとき、ちょっと心が動きましたが、あのときは、すっかり諦めていたんです。

証拠があります。

私の手帳の中に……ほら、ちゃんとこうしてピーコックのジョーカーが一枚入っているでしょう。

どうしたっておっしゃるんですか？　ローンジで八重子さんにピーコックを返すとき、そっとその一枚を手の中に隠して、頂戴してしまったんです。

ですから、ちゃんと五十二枚のカードと、二枚のジョーカーが揃っていたはずの一組に、一枚のジョーカーが不足していたじゃありませんか。

というわけで、私はそのジョーカーだけで満足し、あとのカードを自分のものにする気はなくなっていました。まして、関口さんを殺してまでね。

……足音が聞こえます。

さっきの刑事さんが、キャラバンを買って帰って来ます。

では、尋問を続けて下さい。

いいように、誘導尋問してかまいません。

勿論、供述書ができましたら、署名捺印《なついん》しましょう。あなたのお墓参りには、駒さんと一緒に行きますよ。

飛んでくる声

奇妙な現象だった。

晴れている空から、ふいに雨が落ちてきて、驚くことがある。どこか、遠くで降っている雨が、風に吹き飛ばされてくる現象だろうが、それと同じで、一固まりの声が風に乗って、窓から飛び込んできた。そんな感じだった。石浜元男《いしはまもとお》は、最初その声がどこからきたのか、まるで見当も付かなかった。

「ああ、うまいステーキが食いてえなあ……」

これは、別の声だった。真島柳吉《まじまりゆうきち》の声は、高音できいきいした調子だから、すぐに判る。

真島は素肌の上に黒の半袖シャツを着て、顎《あご》を押えていた。

石浜は窓の外に気を取られていたので、真島が後ろに立ったことに、全く気付かなかった。

さっきまで真島の部屋から聞こえていたジャズも、いつの間にか消えている。

「厚くって、固めの奴を、ぎゅっと嚙むと、取りたてのミルクの匂いがにじんでくる。そんなのが食いてえ……」

真島はアメリカに留学したとき、厚くて固い肉の味を覚えて帰ってきたのだ。事ある毎に、日本の肉は木っ端みたいだと嘆いている。

「ステーキでも何でも、食ったらいいだろう」

注意をそらされた石浜は、そっ気なく言った。

「勿論《もちろん》そうしたいんだが、これを、見や」

真島は顔から手を放して、右の顎を突き出して見せた。その部分だけが、ぽってりした肉に変わっている。

「腫《は》れているじゃないか。どうしたんだい?」

「昨夜から、虫歯が痛み出したのよお。古い虫歯なんだよお」

「歯医者へ行った方が、いいんじゃないか」

「けれども、ガリガリやられるのが、恐ろしくってね」

「そんなことを言っていると、当分うまいステーキは食えないね」

「そうなんだ。それで弱っているところなんだ。よし、思い切って、歯医者へ出掛けるか……」

真島は顎を押えると、自分の部屋に戻って行った。

真島がいなくなると、石浜は再び窓の外を眺めた。

たった今、石浜のごく近い耳元で「うふん……ばかねえ」という声が聞こえたばかりだ。

その一固まりの声は、若い女性らしい声で、鼻に掛かった甘ったるい感じだったが、妙に実感がなかった。それというのは、古いレコード盤か、精度の低いスピーカーから出るような音で、かすれた金属的な音色だったからだ。

七月の初め。晴れてはいるが、蒸し暑い水曜日だった。その日、石浜は遅く目が覚め、朝とも昼ともつかない食事をしてから、ぼんやり窓際に坐《すわ》っていた。

部屋は北向きの四畳半で、細長い団地の公園の向こうに建物が見える。建物は石浜のいる棟と同じ形で、十階建ての、軍艦みたいに横に長い建築だった。石浜が見ている建物の面はゆるい曲面をしていて、全てのベランダに、夏の陽が一杯に当たっていた。そこここのベランダに、洗濯物や蒲団《ふとん》を干す主婦が動いているのが見える。地上の細長い公園には、小さな子供たちが走り廻っている。石浜の部屋は、五階にあった。

生ぬるい風が窓から入ってきた。暑いので、玄関のドアは開け放したままだ。住んでいるのは石浜と真島の二人だけで、押し売りに覗《のぞ》かれても苦にはならない。

風が吹き抜けて行ったときだった。

「もう少し……待てないの？」

耳元で、あの声が囁《ささや》いた。

石浜はあわててあたりを見廻した。無論、その声が出るような物は、何もなかった。耳を澄ませたが、聞こえてくるのは子供たちの小さな歓声、そして、真島がつけたらしいラジオの音だけだ。音の方向も音質も、まるで違っていた。

石浜は向かい側の建物を見た。ちょうど、石浜のいる窓と、真向かいのベランダに、一人の女性が洗濯物を干している姿が見えた。建物を巨大なレンズとすれば、女性の立っているベランダはちょうどその中心に当たる。

女性は洗濯物を干しながら、奥の部屋を気にしているようで、ときどき後ろを振り返っている。その動きと、今の声とが不思議に一致するのだ。だが、向かいの建物のベランダは遠く、そこにいる人の声が、石浜の耳元で聞こえるとは思えない。けれども、妙に気になるわけで、石浜はベランダにいる女性をしばらく観察することにした。

女性は白いシャツブラウスを着ていた。ベランダには真っ赤な蒲団も干されているために、腰から下は見えないが、なかなか豊満な感じだ。干し物に子供の衣類が見えない。新婚の夫婦だろうか。

女性はまた、後ろを見る。

「……これだけ、干したら、ね」

近くで声が言った。

女性は手早い調子で残りを干し終えると、空《から》になった籠《かご》を持って部屋に入り、またベランダに出て来て、赤い蒲団を取り込んだ。

「ちょっと待って、と言うのに……もうこんなに……」

ベランダの窓が閉められ、カーテンが引かれた。9に似た形を並べてデザインしてあるベージュ色のカーテンだった。

耳元の声は、それで終わりだった。

石浜はびっくりして立ち上がった。

——あの声は、ベランダの女性の口から出たような感じだ。だが、そんなことがあるだろうか?

音楽の音が大きくなり、また小さくなった。真島が自分の部屋のドアを開けて、出て来たのだ。真島は縞《しま》のシャツに着替えていた。

「何を見ている?」

真島は石浜の隣りに並んで外を見た。

「ちょっと、ね」

石浜はうわの空で言った。今、閉められたばかりの、カーテンの向こう側で繰り拡げられている光景を想像していたからだ。

団地は三年ばかり前に完成した建物で、どれも二DKだった。従って、若い所帯が多く、団地内のストアーなどでは、幼稚園ぐらいの子供の手を引いた主婦たちが目立った。今、ベランダに立った女性も、同じような年頃だ。たまたま主人が会社を休み、部屋にごろごろしているとき、妻がベランダに出て、洗濯物を干し始める。妻の着た薄い物が、逆光線で透けて見えたのかもしれない。夫はもどかしく、妻を呼び寄せて、暑いにもかかわらず、窓を閉めさせる……。

石浜は、女性の鼻に掛かった声が、耳から離れなくなっていた。

「ドラムが歯に響くんだ」

と、真島が言った。

「虫歯は優しい音でいたわらないと、いけねえのかな」

「歌にはならないかい」

真島は作曲の他に、作詞をすることもあった。比喩《ひゆ》の使い方がうまく、本領の作曲よりいい感覚だと思うことがある。

「……虫歯が怒るよ、かい。だめだね」

真島は笑ったが、すぐ真顔になって、

「おれ、そろそろ足を洗おうか、と思っているんだ」

と、言った。石浜はへえ、という顔をした。取り分けて音楽に才能があるとは思わないが、真島が急にそんなことを言い出すとは予想しなかったからだ。

「音楽を止《や》めちゃうのかい」

「そうだ」

「で、どうする?」

「堅気の会社に勤めようと思う」

「彼女が、そう言うのかい」

石浜はうすうす真島を好く女性がいることに気付いていた。

「詩を作るより田を作れと畠が言う——か」

真島はおどけて言うと、部屋を出て行った。

石浜は真島の話より、カーテンが引かれた窓が気掛かりだった。そのカーテンが開けられ、再び真っ赤な蒲団がベランダに出されたのは、それから一時間ばかり経ってからだった。


石浜は真島柳吉と、その年の三月から、坂町《さかまち》団地で共同生活をしていた。

もと、その団地に住んでいたのは、製菓会社に勤務する男だったが、その会社が地方に支店を出す準備のため、夫婦でその土地に転居することになった。転任の期間は一年ばかりで、その間、真島が坂町団地の留守を頼まれたのだ。真島は小さなバンドのリーダーをしていて、家にいないことが多かった。そこで、大学院に飽きだし、ぶらぶらしていた石浜と一緒に生活をすれば、何かと便利だと考えたのだ。その上、石浜から家賃を取れば、小遣いにもなるわけだ。

真島は南側六畳の洋間を占有して、石浜には北側の四畳半の和室があてがわれた。洋間と和室の間はダイニングキッチンで、先住人が残していった家具がそのままになっていた。

石浜が大学に出るのは週に二日程度、あとは家庭教師がいくつかあって、家にいるときには真島の電話の応対をしたりする。真島の電話はバンドの仕事だけではない。少し前から麗《れい》子《こ》という名の女性から、ときどき電話がある。大人しいお嬢さんといった声だった。

石浜の部屋は陽差しが強くなると、向かい側の建物の照り返しが暑く感じられるようになった。夏は暑く、冬は寒いにちがいないが、家賃が安いので、悪くは言えない。

向かい側の建物から飛んできたような声は、部屋の窓と玄関を開け放し、風通しがよくなったためだと思われる。だが、その日の二、三言の言葉が、向かい側の五階のベランダから届いたのだとは、まだ断言できないような気がした。

それに違いないと確信するようになったのは、三日ばかり経った日のことだ。

その日は最初に声が飛んできた日と同じような蒸し暑い日で、時刻もほぼ同じだった。

向かい側のベランダに女性が現われて、洗濯物を干し始めた。女性は胸に赤い大きな花柄がプリントされたエプロンを掛けていた。三日前の女性だった。その姿に気付くと、石浜は急いで、その日と同じ位置に坐りなおし、何気なくベランダを観察した。

その日、ベランダに出されていたのは、青い色をした蒲団だった。女性は物慣れた手付きで、竿に干し物を通している。どこにでも見られる、ありふれた光景だったが、石浜はベランダから目を放さなかった。

ふと、女性の手が止まった。奥の部屋を振り返る。

「――はあい」

石浜の耳元で、声が聞こえた。あの声だった。スピーカーを通したような、独得の音声を忘れはしない。

「……ご苦労様ね。ちょっと待ってちょうだい」

同時に女性は部屋の中に姿を消した。その態度は、明らかに彼女から発せられたものに違いなかった。

郵便物か、商店からの届け物があったのだ。女性は小さな包みを持って、一、二分後ベランダに現われた。その包みを足元に置き、ときどき包みに目をやりながら、干し物に取りかかる。

向かい側のベランダに注意を傾けた最初の動機が、本当に遠くからの声が耳元で聞こえるかどうかという好奇心からだったが、それが本当に起こったのを知ったとき、石浜は偶然のことから、他人の家庭の中を覗き込んでしまったような気がした。その感情は一種の後ろめたさを持ちながら、なお引き付けられる怪しいものだった。

遠くの声が耳元で聞こえるという現象は、おそらく、二つの建物の構造によるものだと思われた。向かいの建物の曲面の中心にベランダがあり、そこで発した音が、周囲の構造と微妙に作用して、石浜のいる場所に届くようである。二つの位置は、偶然にある条件が具《そな》えられているようで、どこからの音も聞こえるわけではない。それは、少し離れた場所にいる赤ん坊の泣き声がさっぱり聞こえず、無声映画のような感じで見えることでも判った。

それ以来、石浜は窓際に坐ると、そのベランダを気にするようになった。

二週間もすると、段々その家庭のことが判ってきた。判るといっても、石浜には望遠鏡などを買って来て、部屋の奥まで覗くといった趣味はない。ただ、ときどき飛んでくる声だけを聞くといった程度だった。

向かいに住む家庭は夫婦の二人暮らしで、夫は毎週水曜日が定休日だということも判った。水曜日には、ベランダに立って外を見ている男の姿を二度ばかり見たからだった。

女性の日課は、かなり規則正しいようだった。

石浜は朝が遅いので、起きる頃にはいつも向かい側のベランダのカーテンは開いていた。都心まで一時間は掛かる団地だから、夫が勤め人なら、朝早いのは当然だろう。晴れた日だと、九時になるとベランダに蒲団が掛けられる。赤い蒲団と青い蒲団が、きちんと一日置きに現われる。その次は花の手入れだった。

花といっても、三鉢ばかりの小さなガーベラだけだった。こちら側からは見えないが、ベランダの隅に溜め水があるようで、女性はそこから如露《じょろ》で水を汲《く》んでは、鉢に水を与える。赤い花に声を掛けることもある。石浜は女性が赤い色と花が好きなんだなと思った。

三時になると蒲団と洗濯物が、ベランダから取り込まれる。四時、窓の戸が閉められ、カーテンが引かれる。買い物のため、戸締まりをするのだ。買い物は三十分のときもあれば、二時間かかることもあるようだ。時間のかかるときは、外出用の身なりになって、窓の戸締まりをする。そんな日は、遠目にもはっとするほど濃い化粧だった。

六時半から七時に、部屋の電燈が点けられ、十一時には明かりが消される。

雨の日は声が聞こえるようなことはなかった。そんな日は、一日中窓が閉められているから、これは当然だ。

そうした生活に、あるとき、変化が生じた。最初の声を聞いてから二十日ばかり経った頃だ。

第一の変化は、青の蒲団が姿を消したことだった。ベランダに現われるのは、いつも決まって赤い蒲団だった。

陽気が暑くなったので、夫が干された蒲団を嫌うのだろうか。だが、団地は都心を離れた台地にあり、日が落ちれば涼しくなり、暑くて寝苦しい夜は一度もない。とすれば、夫が出張中か、それとも突然いなくなったのだろうか。

だが、そのどれもが違っていた。数日後、それが判った。ベランダから飛んできた声を聞いたからだった。

その日、五階の女性は、ベランダに出て、花の手入れにいつもより長い時間をかけていた。女性は鉢の前にかがんで、一枚一枚の葉を丁寧《ていねい》に調べていた。

「あらあら、知らないうちに……」

と、女性は言った。

「……あなたにも虫が付いてしまったのねえ」

石浜はこの言葉を奇妙に思った。女性はなぜ「あなたにも」と言ったのだろうか。「あなたにも」なら、当然、女性の身近にあるなにかにも、虫が付いていることになる。女性の身辺といえば、彼女の夫だが、その夫にでも虫が付いたというのだろうか。

石浜はその日、家庭教師の仕事があり、授業を済ませて坂町団地に帰ったのが、七時を廻っていた。帰り道、注文してあった本を取りに、団地のスーパーの本屋に寄った。本を買って店を出ようとしたとき、五階の女性に出会ったのだ。

女性は駅の方からの道を歩いて来て、横に男がいた。石浜が何度かベランダに立っているのを見たことがある、女性の夫だった。

夫は紺の夏服に白っぽいネクタイを締めていた。鼻が高く、機敏そうな感じの男で、右眉《みぎまゆ》の上に大きなほくろが見えた。

二人とも、石浜には見向きもしなかった。共通の話題に没頭しているようだ。偶然、石浜は二人の後をつけるような形になった。

近くで見ると、女性の方は意外に年を取っている感じだ。誰が見ても、夫より三、四歳は上だと思うだろう。

「いずみさんも、いずみさんだわ」

と、女性が言った。石浜の部屋に飛んでくる声だった。いつも聞き慣れた声より、澄んで艶があった。

夫は低い声で何か言った。だが、その声は石浜の耳まで届かなかった。

「そんなことを言うなら、わたしにも考えがあります」

強い声だった。自分たちの後ろに、人がいることなど、全然気にしていないようだった。

それに対して夫がまた何か言ったようだが、その言葉は女性を激昂《げっこう》させた。

「あなたといずみさんはわたしを裏切った上に、平気な顔をして……」

向こうから鞄《かばん》を下げた男が来た。二人は口をつぐんでしまった。鞄の男とすれ違うのを待ったように女性が言った。

「家に帰ってから、精《くわ》しいことを聞くわ」

それきりだった。女性は足を早めた。

石浜はとうとう向かい側の建物の前までついて来てしまった。女性は先に立って、エレベーターの方へ歩いていった。夫は郵便受けの中をちょっと覗いてから、女性の後を追った。

コンクリートの廊下を踏む、調子の合わない二つの足音が遠ざかった。

石浜は今夫が覗いたばかりの郵便受けを見た。五〇九号の室で、フェルトペンで書かれた二つの名を書いた紙が貼られていた。

吉野《よしの》三造《みつぞう》

千枝子《ちえこ》

石浜はその名を覚え、建物を廻って、自分の棟に着いた。

部屋に入ると、真島が帰っていて、ダイニングキッチンでカメラをひねり廻していた。

「飯、食ったかい？」

と、石浜が訊いた。

「食った食った」

真島はカメラから顔を上げた。

「厚いステーキを、ぎゅっと噛んでやった。だが、虫歯の奴、思い出したみたいに、またうずき始めてね」

石浜は調理台に立って、ガスに火を点けた。インスタントラーメンを作るためだった。

その日、千枝子の家の窓は、夜遅くなっても電燈が消えなかった。


規則正しかった吉野千枝子の生活が、急に乱れ始めたようだった。

石浜が目を覚ましても、千枝子の窓が開いていない日が増えた。それ以来、ベランダに青い蒲団は一度も現われたことがなかった。

天気のよい日、千枝子は鉢の手入れは欠かさなかったが、ベランダに現われたときの顔色は、気のせいか生気を欠いていた。

四時に買い物に出るという習慣は、すっかり崩れてしまった。千枝子は午前中に外出着に着替え、戸締まりをして、そのまま七時になっても、部屋に電燈が点かないという日が多くなった。

次の水曜日は、晴天だったが、千枝子はとうとう一度もベランダに現われなかった。その代わり、夫の三造が昼頃、干し物を始めた。石浜は久し振りに青い蒲団がベランダに干されるのを見た。三造は干し物を終えると、着替えをして窓を締め、外に出て行ったようだった。その日、夕方から雨になった。青い蒲団はベランダに出されたまま、雨に濡れていた。部屋に電燈が点いても、蒲団はそのままだった。蒲団が三造の手で取り込まれたのは、八時を過ぎてからだった。

それから、五日ばかり経ってから、石浜は道を歩いている千枝子と出会った。外で会うのは、二度目だった。八月も十日ばかり過ぎた日のことだ。

その日は厚い雲が暑さを押え付けるように空を覆い、朝から鬱陶《うっとう》しい気分だった。石浜は暑さ凌《しの》ぎに図書館へ出掛け、冷房の中に一日中うつらうつらしていた。五時の閉館で外へ出たが、外の暑さは和らいでいなかった。石浜は家の冷蔵庫にビールのあったことを思い出し、シャワーを浴びて一杯やろうと思い、ぶらぶらと帰途についた。

国道を越して少し奥まったところに、モーテルがあった。新築の白い五階建てで、屋上にはローマ字のネオンがつけられている。

石浜がその前を通り掛かったときだった。道の向こうから千枝子が歩いて来た。

千枝子は濃い化粧で、オレンジ色のシャツブラウスに、チェックの赤いスカート。うつむき加減で歩いて来て、石浜が歩いて来る方を見ようとはしない。そのまま、モーテルの角にある狭い入口に、吸い込まれるように見えなくなった。

予期しなかった行動だった。

石浜はモーテルの入口の前で立ち止まった。吉野三造が、いずみという女性と密会している場所を知って、その現地へ乗り込もうというのだろうか？

それとも――

夜道で会った二人の会話が甦《よみがえ》った。

……いずみさんも、いずみさんだわ。

……そんなことを言うなら、わたしにも考えがあります。

その考えとは、千枝子の方でも、三造への仕返しとして、浮気をする、という意味なのだろうか？

ふいに、石浜の横でクラクションが鳴った。気が付くと、黒い乗用車が、石浜の傍で止まっていた。石浜は身体を避けた。車はゆっくり走りだし、モーテルの駐車場へ入って行った。

車を運転しているのは初老の男で、その隣りに若い女性が寄り添っていた。

千枝子のモーテルに入った動機が浮気だとすれば、相手の男は先に待っているのだろうか。

それとも、これからやって来るのだろうか？

それを見届けておきたい気持ちはあったが、何時間もモーテルの外で待つほど、野次馬根性の持ち合わせはなかった。

部屋に戻ってシャワーを浴び、ビールを飲みながら、スーパーで買って来たカツを食べた。食事を済ませて自分の部屋に入ると、向かい側の五〇九号室のベランダが気になった。

その頃から空が晴れ始め、一時間もすると、夜空に星が現われた。月も出たようで、公園の木の葉が、鈍くきらめきだした。

五〇九号室の窓に光が点いた。窓が開けられたが、千枝子ではなかった。三造は窓際に立って、ネクタイを解いた。

「……千枝子の奴」

声が飛んできた。石浜は思わず聞き耳を立てた。

そのとき、玄関で音がした。真島が帰って来たのだ。石浜は耳元に神経を集中させたまま、真島の方を向いた。

「飯、食ったかい」

と、石浜が訊いた。

「うん」

真島は赤い顔をして、頬を押えていた。

「ステーキを食いたかったんだが、また虫歯が邪魔してね」

「医者へは行ったんだろう？」

「洗浄してもらって、痛み止めを飲んだだけじゃ、欺《だま》せなくなったらしい。抜かないと事が納まらなくなった」

真島は窓から外を見た。五〇九号室の窓に、三造の姿はなくなっていた。

「明日は晴れるぜ」

と、真島は言った。

「久し振りに月が綺麗だぜ。おれの部屋から見てみないか」

言われて、石浜は真島の部屋に行った。楽器とオーディオセットで一杯になっている部屋だ。

卵形の月は冴え、真島が石浜に見せたいと思う気持ちは判るが、矢張り五〇九号室が気掛かりだ。

「なるほど、いいお月さんだ」

石浜はいい加減に相槌《あいづち》を打って、自分の部屋に戻った。

窓際に坐る間もなく、

「卑怯者！」

荒々しい声が耳に飛び込んできた。

千枝子の姿がベランダに見えた。黒いシルエットが両手を振っていた。千枝子は奥に向かって叫んでいるようだ。

「あなたは、わたしを殺そうとするのね！」

千枝子がまた言った。

「殺すのなら殺しなさい、でも——」

突然、千枝子の姿が消えた。部屋に引きずり込まれたという感じだった。別の黒い手が伸び、窓を閉め、カーテンを引いた。

それっきり、ベランダはしんと静まり返った。

無気味な時間だった。

ただの夫婦喧嘩《げんか》なら気にすることはない。だが、千枝子の言葉のとおり、本当に三造に殺意があり、それが現実となったら……

警察に電話するべきだろうか。

石浜はすぐその考えを打ち消した。

それを警察に知らせるためには、今までのことを全て話さなければならなくなるだろう。石浜が絶えず五〇九号室の声を盗み聞いていることは誰にも知られたくなかった。

しばらくすると、再びベランダに人影が現われた。三造一人だった。三造は窓を開けると、あたりの様子でも窺《うかが》うように首を動かした。石浜は急いで三造に見えないように窓から身を引いた。

三造は無言で部屋に戻った。すぐ部屋の電燈が消えた。

真島が電話を掛けている。真島は相手の機嫌をとるように、甘い言葉を続けた。相手は麗子に違いない。


事件は五日後に起こった。

旧盆に入って、団地の人口は三分の一ほどに減った。午前中は絶え間がない子供の声も静かで、ただ、真島の部屋がやかましかった。真島は日頃口うるさい、階上と階下の住人が旅行中と知って、思い切ってスピーカーの音量をあげてジャズを聞いていた。真島は抜歯してから三日目だった。いくら音量をあげても、虫歯に響くようなことはなくなったのだろう。

その日は晴れ。千枝子がベランダに出る時間だった。夫婦喧嘩はあの日一日限りだった。だが、石浜はそれで二人の仲が納まるような気はしなかった。その後もベランダに、青い蒲団は現われなかったからだ。

心待ちしていた千枝子がベランダに立った。千枝子はいつものように、赤い蒲団を抱えて、ベランダに干し始めた。その途中で、あの声が飛んできた。

「――はあい。誰かしらね？」

半分は自分への問いだった。

ベランダから千枝子の姿が消えた。再びベランダに現われたときの千枝子は、何かを急ぐ風だった。

「すぐ終わるわ。ちょっと待っていてね」

千枝子は親しい言葉遣いだった。石浜は何かの理由で、三造が帰って来たのかもしれないと思った。とすれば、喧嘩はもう氷解したのかもしれない。

そのときだった。

千枝子は蒲団を干したベランダの上に、身を乗り出すような形になった。その姿は極めて不自然だった。千枝子は首を振ったが、それは必死で後ろを振り向こうとしているように見える。

「何するの！」

千枝子の上体が、ベランダ越しに下向きになった。両手が空《くう》をつかんでいる。何かに抵抗しているのだ。

千枝子は言葉にならない叫びをあげた。

次の瞬間、両足が空に向いてはねあがった。千枝子の身体は、完全にベランダを乗り越し、両手を拡げたままの形で墜落していった。人形のような形だった。

地響きを聞いたようだが、石浜は咄嗟《とつさ》の出来事に面食らい、その音がよく判らなかった。

赤い蒲団が滑りだしていたが、それもベランダから放れ、地上に落ちていった。

そのとき、石浜は蒲団の陰で、すっと部屋の中に引き込まれる、人の手を見た。

誰かが叫んだ。その声を聞いて、石浜は立ち上がった。千枝子の身体は地上にうつ伏せになったまま、動かない。

「真島、大変だ」

石浜は開けたままの玄関から外に飛び出した。

外に出て、公園の向こう側に行くと、若い男が千枝子の身体の上に、赤い蒲団を掛けていた。蒲団の下から血が流れ出した。

「助かりますか？」

蒲団を取り囲んでいる一人が訊いた。若い男は首を振った。

「頭が潰れていますよ。その見込みはないと思います」

「電話は？」

「女房が電話を掛けに行きました。僕たちは、たまたま通り掛かったのです。凄い音がしましてね。びっくりしましたよ」

若い男は傍の建物を見あげて言った。

人の群れが多くなった。向かい側の窓にも、いくつもの顔が現われた。

間もなく救急車が到着。続いて、何台かのパトロールカーも来た。

人の中に真島の顔があった。目が合うと近付いて来た。

「お前の窓の真ん前の部屋の人だそうだぜ。お前、見なかったか？」

石浜は何も言わず、真島の腕をつかんで、人の輪を離れた。

「この事故を見なかったのか？」

せわしく、真島が訊いた。

「見た。だが、これは事故じゃないんだ」

石浜は声を低くして答えた。

「事故じゃないって？」

「おれは最初からあの窓を見ていた。あの人は後ろから誰かに抱えられ、ベランダの外に放り出されたんだ……」

窓から見下ろすと、警察官の動きがよく判る。千枝子の死亡が確認されたようで、救急車はすぐ帰ってしまった。その後、警察官はそれぞれの立場で、地面を計ったり、目撃者の話を聞いたりしている。今、二、三人の係官が五〇九号室のベランダに現われたところだ。

「石浜が見たのは、本当に人の手だったんだな？」

と、真島が訊いた。

「そうだ」

「どんな手だった？」

「蒲団がずり落ちた、一瞬のうちだったから、よく判らなかった。だが、人の手だということは間違いない」

「男か、女か」

「それも判らない。お前に声を掛けて、すぐ外へ出たんだが、そのときは犯人だって逃げてしまった後だったに違いない」

真島は腕を組んだ。

「警察に知らせるべきじゃないかな」

「その気はない」

「なぜだ？」

「――実はあの女性は、吉野千枝子という名で、三造という夫がいる」

真島は驚いたようだった。

「知り合いか？」

「向こうじゃ、おれのことなど知らないさ。ただ、あることから、あの夫婦が気になっていたんだ」

「あること――というと？」

「ちょっと、ここへ坐ってみないか」

石浜は身体を移動させて、真島を自分の横に坐らせた。真島はけげんな顔で石浜を見た。

「ここに坐ると、どうなる？」

「しいっ……」

石浜が制したときだった。

「――蒲団はここにあったわけですね？」

ベランダに立っている、警察官の声が飛んできた。

「――これは？」

真島はあたりを見廻した。

「向こうのベランダの声が聞こえるんだ」

石浜が説明した。真島はまだ納得できない様子だ。

「――もりさん、ちょっとこれを見てください」

一人の警察官が、ベランダから何か拾いあげて、もう一人の警察官に見せていた。

「本当だ……」

真島はびっくりしたように言った。

「それで、お前はずっとあの夫婦の会話を盗み聞きしていたのか？」

「別に盗み聞きをする気はなかったさ。ただ、聞こえてくる声を聞いていただけだ」

「すると、さっきも吉野千枝子の声を？」

「そうだ。あの人はいつものように蒲団を干すためにベランダに出た。その途中で、誰かが訪ねて来たらしい」

「彼女は客を部屋に入れたわけか」

「顔見知りのようだった。それも、親しい仲だと思う。千枝子は客を待たせて、再びベランダに出ると間もなく、蒲団越しに地上へ落ちていった……」

「あやまって、落ちたんじゃないんだな」

「ベランダの高さは胸まである。あやまって落ちるなどということはない。それに、蒲団が落ちたとき、確かに人の手を見たんだ。これは殺人事件なんだぜ」

「殺人事件とすると、犯人がいることになる……」

「そうだ」

「犯人の心当たりはあるのか？」

「今日の事件と、直接関係があるかどうかは判らないが、一週間ばかり前、吉野夫婦はひどく言い争っていたことがあった」

「………」

「ほら、お前が夜、珍しく綺麗な月が出ていると言って、おれを呼んだことがあったろう」

「――覚えている」

「あの夜なんだ。千枝子の帰りが遅かった。三造の方は定時に帰って来ていて、それから喧嘩になった」

「どんな風だった?」

「普通の言い争い以上だったね。千枝子はベランダに飛び出し〈あなたは、わたしを殺そうとするのね〉と叫ぶと、三造は暴力的に千枝子を部屋に引きずり込むのを見た」

「原因は何だろう?」

「そこまでは判らない。部屋の中で話す声までは聞こえないからね。だが、たまたま、その日の夕方、おれは千枝子と道で出会っているんだ。彼女、どこへ行ったと思う?」

「……さあ」

「国道の近くにある、モーテルに入って行ったのを見た」

「尾《つ》けていたのか?」

「そこまでの好奇心は持っていないよ。偶然に、千枝子がモーテルに入って行くのを見ただけだ」

「相手の男を見たかね?」

「いや、モーテルに入ったのは千枝子一人だった。だが、必ずしも相手がいるとは限らないと思う」

「なぜだ?」

「実は吉野三造の方にも愛人がいるらしい。千枝子は、夫と愛人の現場を押えるために、モーテルへ踏み込んだとも考えられるからだ」

「複雑なんだな」

真島は溜め息を吐《つ》いた。

「……今度の事件だが、お前の他にも犯人を見た目撃者がいるだろうか?」

「いるだろう。何しろ、こんなに窓が多いんだから」

「窓が多くとも、いつもより人口は少なくなっているぜ。現に、この家の上下とも旅行中だ。もし、千枝子がベランダから落とされたのを見ていた目撃者が、お前しかいないとすると」

「それでも警察へ届けるのは嫌だな。おれの親父は一度ひどい目に会ったことがある。おれも警察は虫が好かない」

千枝子の屍体《したい》は運び去られた。

千枝子が墜落した地面の上には、白い線で描かれた人の形と、血の痕が残った。

その日は満月だった。

翌《あく》る日は、一日中、五〇九号室の窓は閉ざされ、カーテンは引かれたままだった。

朝早く、石浜のところへ来訪者があった。二人連れの警察官で、千枝子の墜落事故のことで、聞き込みに来たのだ。

石浜は無愛想だった。吉野夫妻と面識もない、昨日は外が騒がしくなったので、窓から外を見て、事故を知ったのだ、とだけ答えた。

「ほほう、ここからだと、あのベランダが正面に見えますなあ」

眉毛のむやみに太い警察官が、石浜の部屋の窓から外を見て言った。そのとき、石浜は声の飛んでくる場所に立ち塞がって、動かないでいた。

石浜が無口だと見ると、警察官は真島に言った。

「昨日の事故には、ちょっと不審な点がありましたので、一人でも多くの目撃者の方の話をお聞きしたいわけなのです」

「――不審というと？」

真島は興味深そうに訊いた。

「そう。第一に、あのベランダの高さから考えて、いくら蒲団を干している最中だといっても、あやまって落ちたとは考えにくいのです。第二に、事故のあった直後、同じ五階にいた人が、凄い勢いで階段を駈け降りている足音を聞いています」

「エレベーターでなくて？」

「もし、犯人がいるとすれば、二階より上の人がほとんど利用しない階段を使えば、エレベーターで降りるより、人に会う危険が少ないわけなのです」

夕方、仕事から帰ると、二人は夕刊やテレビのニュースに熱心になった。

結果、坂町団地での墜落事故の新しい報道は、一つもないことが判った。

「……ついに、目撃者は一人も現われなかったんだな。犯人を見たのは、お前だけだぜ」

と、真島は言った。

「まあいいさ。千枝子は死んでしまったんだ。今更、犯人が捕まったとしても、彼女が生き返るわけはない」

電話のベルが鳴ったのは十一時過ぎだった。

電話機の傍にいた真島が、受話器を取った。

電話は短かった。

「その気はない」

最後にそう言って、真島は受話器を置いた。

「石浜、妙なことになった」

「誰からだ?」

「向こうは名を言わない。だが、男の声だった。向こうは、お前とおれを間違えていた」

「――?」

「そいつは、お前があの事故を見ていたことを知っていたぜ」

「……気が付かなかった。こっちの窓から見えるということは、向こうのベランダからも、おれの姿を見ることができるわけなんだ。犯人は、おれが窓際にいるところを見ていたんだ」

「向こうじゃ、こっちが男の二人住まいだとは知らないらしい。おれが電話に出たので、てっきりおれが目撃者だと思ったらしい」

「そいつは、何と言った」

「もし、あのことを警察に届ければ、お前の命はないものと思え。そう言った。古い台詞《せりふ》だ」

「で、何と答えた？」

「届ける気はない、と答えてやった」

「それで済むだろうか？」

「判らないな」

「そう言われると、おれは警察へ届けたい気にもなってきた」

真島はにやりと笑った。

「反対に、こっちからそいつを脅迫する手がある。向こうの方が弱味を持っているわけだからな」

「金でも取るか」

「金よりも——そうだな。のっぴきならない証拠をにぎって、警察に引き渡してやる。その方が面白い」

「千枝子を殺した犯人なら、おれだって捕えたい。だが、そううまくゆくだろうかな」

「あいつが、このままでいるとは思えない。さしあたって、電話待ちだな」

真島はちょっと考えて、

「おれはこんな声をしているから、相手はおれの声を覚えてしまっただろう。今度、電話があったら、お前は出ない方がいい」

千枝子の葬儀は次の日の朝、団地の集会場で行なわれた。

石浜は黒っぽい服に地味なネクタイを締め、葬儀の人の中にまぎれた。

焼香のときそれとなく吉野三造の顔を窺った。三造は参列者に頭を下げるたび、右眉の上にある大きなほくろをぴくぴく動かした。

三造の勤め先は、葬儀場に供えられた盛花で判った。「陶器堂《とうきどう》」というディスカウントセールのカメラ店だった。

焼香を終えて、戸外に出ている若い一団がある。陶器堂の店員たちのようで、石浜は傍に寄って、会話を盗み聞きした。

「千枝さん、いつもは慎重な人だったのにねえ……」

「真逆《まさか》こんなことになるとは、思わなかったわ」

「課長さんがお気の毒……」

それで、吉野千枝子は、もと三造と同じ陶器堂に勤めていたことが判った。

その群れに加わっているような、いないような、一人の若い女性が、石浜の目をひいた。黒いスーツのため、白い顔が青ざめて見えるほどだ。大きい眸《ひとみ》が宙に浮いている。石浜はこの女性がいずみと直感した。

葬儀が終わると、家に戻り、電話を待っていた真島に報告した。

「午後になったら、陶器堂へ行ってみようと思う」

と、石浜が言った。

「何を調べる?」

「まず、三造のアリバイを当たってみる。それが順序だろう」

「いずみという女性を見ておきたいな」

「電話はどうする?」

「昨日も夜だった。また掛かるとすれば、同じ夜だと思う」

午後、服を着替えて、二人は陶器堂へ行った。声を知られていない石浜が探りを入れることにした。石浜は真島のカメラを持っていた。

陶器堂は南新宿《みなみしんじゅく》にあった。駅から歩いて、六、七分のところだ。カーテンとジュウタン専門店の隣りだった。

陶器堂に着くと、石浜一人で店に入った。客が思い思いにカメラを覗いている。石浜は葬儀場で見た色の白い女性を目で探した。だが、その姿はどこにも見えなかった。

「いらっしゃいませ」

愛敬のある女店員が寄って来た。葬儀場で見掛けた顔だった。

「このカメラなんだがね……」

石浜は仕方なく、持って来たカメラをカウンターの上に置いた。

「お宅で買ったんだけれど、気が変わったから、引き取って欲しいんだ」

女店員はカメラを調べ始めた。

「そのときのレシートをお持ちでしょうか?」

「どこかへ行ってしまって、持っていないんだ」

「お買い求めはいつ頃でしたか?」

「……お盆の日だった。八月十五日」

女店員は石浜の目を見た。

「それは何かのお間違えじゃありませんか。最近、この機種は当店では取り扱っていないのですけれども」

「そんなことないんだがなあ……」

石浜は店内を見廻してから、女店員に自分の眉の上を示した。

「ほら、ここに大きなホクロのある人、この店にいませんか?」

「吉野——のことでしょうか」

「そう、思い出した。吉野さん。胸に名札がついていた。僕は吉野で生まれたんで、よく覚えている。その吉野さんが、このカメラを買うとき、相談に乗ってくれたんだ」

「吉野は……今日休んでいますが」

「なるほど、まだお盆の休みで?」

「ええまあ……」

女店員は口を濁《にご》した。

「いつから出社しますか？」

「多分……明後日あたりには――。でも変ですわね」

「何が？」

「お客様は十五日にこのカメラをお買い求めだとおっしゃいました」

「そう。その吉野さんが相談に乗ってくれて――」

「でも、吉野は十五日から休暇を取っています。十五日には店内にいるはずがありません」

「冗談でしょう？」

「いいえ、わたしは冗談は申しません」

「休暇というと、故郷へでも帰ったのかな」

「吉野は東京生まれです」

「じゃあ、海外旅行かな」

「いえ、吉野はこの際、自動車の免許を取ると申しておりましたから――でも、どうして？」

「いや、ありがとう。日は僕の思い違いだったんでしょう。じゃあ、吉野さんが出社する頃、出なおしましょう」

女店員が訝《いぶか》しそうな顔になったので、石浜は急いで陶器堂を出た。

陶器堂の横に真島が待っていた。

「事件のあった日、吉野三造は休暇を取っていて、店には出ていない。三造はアリバイを持っていない可能性が強いぞ」

と、石浜が言った。

「おれの方にも新事実がある」

真島は目で陶器堂の隣りにあるカーテンとジュウタンの店を示した。

「あの店の女店員の中に、三造の愛人、いずみが働いているんだ」

「本当か？」

「胸の名札を見たから、間違いない。三造の窓にあったのと同じ柄のカーテンも店に並んでいた。ほら、Ｐの字を並べたようなデザインのカーテンだ」

そのとき、店先に出て来た色の白い女性が見えた。

「――彼女だ。間違いない。今朝葬儀に来ていた」

真島は歩きだしながら言った。

「三造の店と、いずみの店が隣り同士ということは、二人は顔を合わすことが多かったに違いない。カーテンの暗合といい、二人の仲は間違いなく恋人同士だろう」

「千枝子はいずみのことをよく知っている」

「千枝子が店に勤めていたときの友達だったんだ。すると、千枝子を殺した犯人は、どうしても三造という疑いが強くなる」

「葬儀を終えた後の、三造の動きが気になるところだな。帰って窓から観察しよう」

石浜はちょっと考えた。

「おれは午後から家庭教師の日なんだなあ」

「観察なら、おれ一人で充分だ」

「その代わり、帰りに千枝子が行ったラブホテルへ寄ってみる」

「どうするんだ?」

「千枝子の目的が、三造といずみがいるところを確かめるためだったのか、それとも別の第三者が目的だったのか、調べてみたい」

「なるほど。成功を祈る」

石浜はそこで真島と別れた。

石浜が教えているのは小佐藤一郎《こさとういちろう》という名の高校生で、教えてみると、びっくりするほど頭の切れる学生だった。その割りには成績が思わしくない。親はそれが歯がゆく思っているのだ。

その日、石浜がうっかり坂町団地の事件を話すと、一郎の目が光りだした。勉強はそっちのけとなり、微《び》に入《い》り細《さい》をうがち、石浜から話を引っぱり出す。石浜もその方が楽なので、とうとうその日は事件の研究で終わってしまった。

帰り、モーテルへ寄った。

首尾は散々だった。

受付の中年の女性は、石浜の話をてんから聞こうとしなかった。新聞の勧誘でも断わるような態度だ。それでも、しつっこく食い下がると、今度は警察を呼ぶといい、本当に電話のダイヤルを廻し始めた。警察はもともと好きでないから、石浜は何も得るところなく、退散するよりなかった。

最初に金を握らせるぐらいのことは判っていたが、何分資金など持ち合わせがない。テレビドラマなどで見ると、それでもうまく情報を得たりしているが、現実はそう甘くはないことが判った。

家に戻ると、真島はいなかった。向かいの五〇九号室には電燈が点いていて、カーテンの向こうに、ときどき人が動くのが見える。

しばらくすると、真島から電話が掛かって来た。

「モーテルの方はどうだった?」

と、真島が訊いた。

「素人《しろうと》の悲しさだな。収穫はゼロだった。何も聞き出せなかった」

「そうか。おれは、今、坂町公園にいる」

坂町公園は団地のはずれにある。歩いて十分足らずのところだ。

「もう夜だぜ。公園には人なんかいないだろう」

「猫の仔一匹いない。犯人から電話があったんだ」

「誘い出されたのか」

「おれの方が誘い出したんだ。そっちが要求するなら、それに代わることをしろ。おれの方は警察に虚偽の証言をすることになるんだからな、と言ってやった」

「それで、金を要求したわけか？」

「そうだ」

「いくらだ？」

「それは帰ってのお楽しみさ」

「おい、大丈夫なんだろうな？　世の中はテレビドラマみるようには行かないぞ」

「判ってる」

真島は電話を切った。

何がどうなっているのかよく判らないが、真島が危なっかしい綱渡りみたいなことをしていることは確かなようだ。

そこへ、また電話のベルが響いた。

石浜は受話器を取り、黙って相手が話し出すのを待った。

「……石浜先生のお宅ですか？」

知っている声だった。

「やあ、小佐藤一郎君かい。何か、判らないことでもあるのかね?」

「そうなんです。それで、電話帳で調べて、吉野三造さんの家に電話をしたんです」

「待て待て……、勉強のことを言っているんじゃないのか?」

「勉強などしていられる場合じゃありませんよ」

「お母さんに知れたら、おれは困るぞ」

「大丈夫。うまくやりますから」

「一体何だって吉野三造のところへ、電話を掛けたんだ?」

「三造さんが、最近、カーテンを洗濯したかどうかを知りたくて」

「何い?」

「そうしたら、今、三造さんは留守だそうです。三十分ばかりで戻って来る、三造さんの姉だか妹だかいう人がいて、そう言っていました」

「一体その、何だって?」

「先生のお友達の真島さんという人、そこにいますか?」

「いない。留守だ」

「何かあったんですね?」

「……」

「先生、教えてくださいよ」

「今、真島から電話があったばかりだ。それによると、真島は犯人から電話を受け取ったらしい。坂町公園で、そいつと落ち合うことになっているらしい」

「一人ですか？」

「そう一人だ。おれも行ってみようと思ったんだが、うっかり犯人に気付かれでもして、真島が危険になるといけないので、ためらっているところだ。犯人は恐らく、真島一人で来いと指示したに違いないからだ」

「そうです。しばらく、様子を見ている方がいいです」

小佐藤一郎は電話を切った。

何だかよく判らないことが、続けざまに起こっているようだ。

石浜は五〇九号室の窓ばかり気になった。

三十分すると、電話機が鳴った。一郎からだった。

「先生、三造さんが帰って来て、電話で返事をくれました。思っていたとおり、三造さんは、カーテンは買ってからまだ洗濯したことがなかったそうです」

「それがどうした？」

一郎は電話を切った。

五分ばかりすると、玄関のチャイムが荒々しく鳴った。真島だった。

真島は部屋に飛び込んで、

「後をしっかりと締めてくれ」

と、叫んだ。

石浜はドアの鍵を下ろしてから、改めて真島を見た。

真島は泥にまみれていた。服には鉤裂《かぎざ》きができて、ぜいぜい肩で息を吐いている。

「――どうしたんだ、一体？」

「畜生、ひどい目に会った」

真島は服の泥を手で払った。

「公園で待っていると、いきなり後ろから不意打ちをかけやがった。もう少しのところで、危なかった……」

真島は服を脱いだ。幸い、身体に傷はないようだった。

「陶器堂の女店員が、犯人に知らせたんだと思う。身辺を探っている男がいるのを知って、早くかたをつけようとしたに違いない。それにしても、お前の言うとおり、なかなかテレビドラマみたいには行かない。これからも、どんな手を使って来るかも判らない」

真島の最初の意気込みはすっかり消えてしまった。相手が手強《てごわ》いと知って、恐怖に襲われたようだ。

石浜は腕を組んだ。

「これ以上、お前に危険があってはいけないな……」

「口惜《くや》しいけれど、相手はおれたちより一段上らしい」

「一切を警察に届け出るしかないだろうな」

「お前は警察が嫌いなんだろう」

「こうなった以上、好き嫌いを言っちゃいられないじゃないか」

「お前には済まないが、そうしてくれるか」

「決まった以上は、早い方がいい」

石浜は覚悟をきめ、電話機を取り上げ、ダイヤルを廻した。

警察が出た。石浜は手短かに真島が千枝子を殺したらしい犯人に襲われたことを話した。

相手は担当の係官が電話を掛けなおすと言った。石浜は電話番号を教えた。

五分ばかりすると、玄関のチャイムが鳴った。ドアのレンズから外を見ると二人の男が立っていた。

「どなた?」

石浜はドアに近寄って言った。

「坂町警察の者です」

一人がドアのレンズに向かって、警察手帳を見せた。

石浜は用心深くドアを開けた。警察の来訪にしては早すぎるように思ったからだ。

玄関に入った二人は、石浜と真島を見較べた。

「真島柳吉さんは？」

一人が愛敬のない声で言った。真島が前に出た。

「真島柳吉さんですね？」

警察官は念を押した。

「そうです」

真島が答えた。警察官はぶっきら棒に続けた。

「吉野千枝子殺しの参考人として話をうかがいたい。警察署まで、同行していただけますね？」

そのとき電話が鳴った。石浜が受話器を取った。警察だった。石浜は混乱して何が何だか判らなくなった。

「今、警察署の方が二人見えているところなんですが」

と、石浜は言った。

「じゃあ、電話に出して下さい」

と相手が言った。石浜は一人の警察官に受話器を渡した。警察官は二言三言話していたが、受話器を置くと、真島に向かって言った。

「自首する気になったようだね。それで、よろしい」

だが、石浜だけはよろしくなかった。

石浜はあわててダイヤルを廻した。小佐藤一郎がすぐ出た。

「真島が警察に連行されてしまったよ。一体どうしたんだ？」

「真島さんを重要参考人だとは言いませんでしたか？」

「重要——が付いたかどうか覚えていない」

「つまり、真島さんは吉野千枝子さんを殺した容疑者になっているわけです」

「どうして君がそれを知っている？」

「僕が警察に電話をしたからです」

「何だって？」

「先生の話を聞いているうち、僕にはどうしても真島さんが犯人だとしか思えなくなったんです」

「だが……どうして？」

「先生、真島さんはおいしい肉を口一杯にして、噛んで食べたかったのです。そのためには、邪魔な虫歯を思い切って抜いてしまわなければならなかったのです」

クーラーのきいた勉強部屋。

小佐藤一郎の母親が、茶菓子を置いて出て行くと、石浜と一郎は教科書やノートを閉じて机の隅に押しやり、別のメモを取り出した。それには、今度の事件に関係した人物の名が書き出されてあった。

石浜は吉野千枝子と書いた文字を指差した。

「君の言う、古い虫歯というのが、この吉野千枝子なんだな？」

「そうです。そして、おいしい肉というのが、真島さんの新しい恋人、麗子さんという名の女性です。真島さんはその人のためなら、バンドを止めて普通の職業につこうと考えたほどです」

「つまり、こういうわけだ。真島はおいしそうな肉が目の前に出されたが、古い虫歯があるために、思い切って肉を嚙むことができない。虫歯を治療しようと思うが、ガリガリやられると思うと、うっかり手を付ける気にもならない。そうするうち、真島は肉への誘惑にたえられなくなった」

「そして、とうとう肉を口に入れることになりましたが、虫歯が邪魔をして、充分賞味することができなかったのです」

「真島が肉を食べてきたと言った日は、吉野千枝子が三造にいずみという恋人ができたのを路上で詰問していた日だった」

「それ以来、真島さんは古い虫歯をどうにかしなければならないと思い始めました。まず、荒療治をするより、虫歯を洗浄したりしてなだめながら、痛みを忘れさせようとするのが、普通の人の考えです」

「千枝子をモーテルに誘って、甘い言葉で、別れ話を切り出したんだな」

「ところが、千枝子さんの御主人も浮気をしていて、千枝子さんは真島とまで別れる気は毛頭なかったのです」

「別れ話を聞いた虫歯は、さぞ怒っただろうな」

「暴れ廻って、痛みはつのる一方だったと思います」

「そして、とうとう真島は虫歯をなだめるだけでは欺すことができなくなり、抜いてしまうという荒療治を行なう決心をしたんだ」

「真島さんの荒療治とはこうでしょう。——決行の日は、旧のお盆、つまり、団地に住む多くの人が休暇中なので、普通の日より目撃者が多く現われない。その上、あの時間は、団地の主婦は大体、洗濯などしている時間でしょう。北側の窓から外など見ている人は、そう多くはない。真島さんはそう思って、虫歯を抜き取る日時を定めたと思います。そして、その日、真島さんは何等《なんら》かの方法で三造さんを外出させたと思います」

「真島はしきりに三造のアリバイを気にしていた。とすると、犯行時、三造のアリバイが成立しなくなるような工作をしていたに違いないな」

「そうしておいて、真島さんは五〇九号室を訪問します。あとは被害者の隙を見て、ベランダから墜落させる。自分は普段でも人の少ない階段を通って外に出、野次馬の群れに加わるだけでよかったのです。ところが、真島さんは、向かい側の窓から、先生が一部始終を見ていたとは思ってもみなかったのです」

「おれが五〇九号室から飛んでくる声に興味を持っていて、いつも吉野家の事情を気にしていたと言ったら、真島はひどく驚いた風だった」

「そりゃ、驚くでしょうね。先生に顔を見られれば、何もかもがお終《しま》いです。ところが、幸運にも、蒲団の落ち方が少しばかり遅かったために、先生は犯人の手だけしか見ることができませんでした」

「そこだ。おれが変に思うのはそこなんだよ。犯人が顔を見られなかったのは幸運だった。とすれば、なぜ、真島はそのままにしておかなかったんだろう。その後の真島の行動というのが、さっぱりおれには意味が判らない」

「それは、先生が犯人を目撃したのにかかわらず、警察へは届け出ない、と言い張ったからですよ」

「警察へ届け出なければ、むしろ、犯人にとっては好都合だったんじゃないのかな」

「普通の事件ならそうでしょう。ところが、今度の場合はあべこべなのです。先生が警察に見たとおりのことを話せば、真島さんはその時点で、アリバイを持つことができたんじゃありませんか」

「……そうだったのか」

石浜はわれながら、自分の迂闊《うかつ》さに呆れた。

事件の起こった直後、石浜が部屋を飛び出す前に、石浜は真島の部屋に向かって、声を掛けたのだ。

真島の部屋からはジャズが流れていて、石浜は真島がずっと部屋にいるものだと思っていた。ドアの音を一度も聞かなかったからだ。ドアは風通しをよくするため、開け放したままだった。石浜が見ていた五〇九号室にその真島がいるとは、夢にも思わなかった。

「人の記憶は、あやふやなものだな」

と、石浜は言った。

「言われればなるほど、そのとき部屋にいた真島の姿を見てはいないんだ。現場から部屋へ戻ってきたときにも、おれは真島に〈お前に声を掛けて、すぐ外へ出たんだが、そのときは犯人だって逃げてしまった後だったに違いない〉と話したのを覚えている」

「それだから、真島さんは先生の証言がどうしても欲しくなったのです。そのために、真島さんは架空の脅迫者を作りあげたのです。そのお芝居も手の混んだものでした。脅迫者を反対に脅し、その結果、自分が危害を受ける、というものです。真島さんが生命に関わるような危険にさらされれば、先生だって、いつまでも強情を張り通すわけにもゆかなくなる。警察の助けを求めれば、先生の目撃は表沙汰となり、その結果、真島さんのアリバイも証明されることになります」

「脅迫者から掛かってきた電話というのは？」

「先生はその電話に一度も出たことがなかったんでしょう？」

「そうだ。電話の応答は全部、真島が引き受けていた。勿論、芝居なんだな？」

「そうです」

「とすると、もう一人、電話を掛けてきた協力者がいることになるだろう」

「そんな必要はありませんよ、先生。会話は真島さんの独り芝居で、電話のベルだけが鳴ればいいのですから」

「でも、真島は電話の掛かってきたときには家にいた。それが、どうやって電話のベルを鳴らすことができた？」

「そうですね。家にいて電話のベルを鳴らすことはできませんから、鳴ったのは電話のベルではなかったでしょう」

「あれが、電話のベルではない？」

「そう、多分、真島さんが電話のベルを録音しておいた、小型テープレコーダーの再生音でしょう。人の声と違って、電話のベルなら、再生音の音質が多少変わっていても、怪しいとは思われないものです」

石浜は恐らく一郎の言うとおりだと思った。ただ、一つだけ判らないことがあった。

「君は真島が警察に連行された日、電話で吉野家のカーテンが洗濯したかしないか、ひどく気にしていたが、あれはどういう意味なんだね？」

「つまり、カーテンを洗濯するには、カーテンを窓から外さなければならないでしょう？」

「……？」

「洗濯したカーテンを、再びカーテンレールに戻すとき、カーテン地を裏返しに掛けてしまう場合が考えられたからです。ところが、三造さんに電話をしてみると、カーテンは買ったときから洗濯していないことが判り、その心配はなくなりました」

「……それが、そんなに重要なのかね？」

「そうなんです。僕は先生の話を聞いているうちに、先生と真島さんが見ていた五〇九号室のカーテンの柄が、食い違っていることに気が付いたのです」

「カーテンの柄が食い違っている？」

「確か、先生は五〇九号室の窓のカーテンの柄を説明するとき〈9〉に似た形を並べてデザインしてあるベージュ色だったと教えてくれました」

「そのとおりだが……」

「ところが、先生と真島さんが新宿へ行った日、真島さんが陶器堂の隣りにあるカーテンとジュウタンの専門店で、いずみさんが働いているのを見付けましたね。その前後のことも、僕に精しく話してくれたじゃありませんか。真島さんは吉野さんの家の窓と同じカーテンが店に並べてあるのも見付けました。そのとき、真島さんがカーテンを説明する表現が気になったのです。真島さんはその柄を〈P〉の字を並べたようだと言いましたね」

「確かにそうだ」

「先生はカーテンの柄を〈9〉の形と言い、真島さんは〈P〉だと表現しています」

「9もPも似たようなものだ。主観的なものじゃないのかね」

「僕にはそうは思えませんでした。先生も真島さんも、正しい表現をしているのだと考えたわけです。カーテンが洗濯などで外され、裏返しに掛け直されたとすると、こちらから見たカーテンの柄は、9からPに変わるでしょう。先生と真島さんはそのどちらかを覚えていて、最初に記憶された方をいつまでも覚えている、それも考えられるでしょう。ところが、吉野家のカーテンは、買ってから一度も外されたことがないとすると……」

「そうか……」

「答えは一つしかありませんね。真島さんは五〇九号室のカーテンを、部屋の中から見てその柄を覚えていたに違いない。先生の部屋の窓からではカーテンの裏は見えませんから、真島さんは実際に五〇九号室の部屋に入ったことがあり、そのときのカーテンの記憶がいつまでも残っていたはずなのです」

「……吉野千枝子とは面識があった、という結論になる」

「それなのに、真島さんはなぜそれを先生に言わなかったのでしょう。そう考えたとき、僕は吉野千枝子さんが、真島さんの古い虫歯ではなかったかと、疑い始めたのでした……」

その後、石浜は警察官の詰問を受けた。

石浜は真島が連行された日、警察に電話をした理由は、真島が自首をするつもりだったからだと答えた。警察官は五〇九号室の声が飛んでくる現象には、全く触れなかった。

真島の弁護士も来た。弁護士は帰るとき、

「真島が礼を言っていました。あなたが差し入れてくれたステーキはとてもうまかったそうです」

と、言った。

弁護士が帰ってから、石浜は自分の部屋の窓際に坐った。すると、

「でも、こんな形であなたと結婚は困るわ」

という声が飛んできた。

そっと向かいのベランダを窺うと、三造といずみが並んで空を見上げていた。

これからまた、新しいドラマが始まるかもしれない、と石浜は思った。

可愛い動機

ええ。千衣子《ちえこ》に殺意がなかったことは、最初から判っていました。ただの感情だけで言っているんじゃないんです。

死んだ千衣子の夫、誠志《さとし》にはかなりの額の生命保険が掛けられていたと聞いていますがね、これは誠志の計算というか、趣味というか、とにかく勘定高い男でしたから。生活費は切り詰めても、保険料は惜しまなかったんじゃないんですか。それが証拠に、千衣子にも同じくらいの保険が掛けられていたんです。もっとも、千衣子は誠志が死ぬまで、その額がどのくらいかも知らなかった。金には無頓着な女でしたよ。

だから、万一、千衣子が金が欲しくなったとしても、夫の保険金を計算し、計画を立てて殺人を実行することなど頭に泛《うか》ばなかったはずですよ。千衣子は金がなくとも、我慢していられる質《たち》なんです。

その当時、警察は千衣子が派手好きで、金遣いが荒い点を重く見ていたようですが、確かにそういう一面はありました。

刑事さん。あなたはその事件を担当していたそうですから、千衣子のことは知っていますね。ええ、豊満な身体で、化粧が濃い。鮮《あざ》やかな赤系統の色が好みで、いつもどこかに金色の装身具を着けることを忘れません。確かに、気前よく金を遣ったこともあったでしょう。しかし、あればの話で、ない金をどうしても遣いたいというんじゃないんです。繰り返すようですが、千衣子は金があると鷹揚《おうよう》だし、なくても鷹揚なんです。けろりとしているんです。ですから、一見、派手な濫費家《らんぴか》に見えるんですね。だが、実際は今言ったとおり。でなければ、あの誠志と一年も一緒に暮らして来られるはずはありませんよ。だから、千衣子が保険金目当てに誠志を殺したということが耳に入ったとき、すぐ、これは違うと思ったんです。お洒落《しゃれ》な千衣子のことですから、顔形のことでしたら万一という場合があるかもしれない。たとえば、誠志に髪などを冗談にも切ったり焦がされたりされ、かっとなった千衣子が夫を殺したというんでしたら、その方が僕は納得しますがね。

僕は千衣子と、中学、高校と同じ学校でした。ですから、千衣子の気心をよく知っているんです。昔も同じでしたね。

こんなことがありました。中学の修学旅行で京・大阪に行ったとき。東京を出発する前、ちょっと時間があったんです。それで、ターミナルデパートをぶらぶらしていたら、ショウウインドウに並べてあったサングラスが千衣子の目にとまった。どうしてなんだか、それがひどく気に入って、衝動的に買ってしまったものです。ええ、お小遣いをすっかりはたいてね。

後はお金がないわけでしょう。その旅行中に、喉が乾いてもジュースを飲むこともできないし、土産物《みやげもの》を買うこともできなかった。しかし、千衣子は一向に困ったような顔をしません。むしろ、男の方が妙にちまちまと金勘定をするのがいましてね、女々しいったらなかった。

……いいえ。その頃は特に千衣子と親しかったわけじゃありません。高嶺《たかね》の花、と言ったらいいのかな。憧れてはいましたが、僕の方から声を掛けるなどということはできなかったなあ。

中学、高校など、身体だけは大きくなっても、男なんてまだ考えは幼稚でしょう。その点、女性の方は早熟ですから、同級生の男など皆ばかにしていて、目もくれません。僕の方は遠くから、高嶺の花として見ているわけで、千衣子が同じクラスにいるだけで満足、話し掛けられなくとも別に淋しいと思いませんでした。僕は元々、水と性が合うらしいんで、泳ぎが好きで水泳部に入っていました。水に潜っていれば上機嫌で。そう、誰よりも潜水が得意だったなあ。潜水記録は二分三十五秒。自慢じゃないが大したものでしょう。ただ、水に潜っているのが楽しくて、本当に今思うと無邪気なもんでした。

千衣子は体操部でした。事件当時の千衣子と、昨日の千衣子しか知らない刑事さんには信じられないでしょうが、中学のとき三十八キロ。小鹿みたいな女の子でした。

体育の担任で、取り分けて新体操に熱心だった女の先生がいたんです。千衣子はその先生に可愛がられ練《きた》えられました。千衣子の運動神経は抜群でした。先生からは特別目を掛けられて、リボン、ピン、リングなどを扱い、まるでジャグラーみたいな難しい業《わざ》をこなしていました。

水の中に潜って、亀のように泳いでいる僕たちとはわけが違う。千衣子は学校では花形スターの扱いでしたよ。絶えず親衛隊に取り巻かれ、競技には大声援を送られるというわけ。中にはそれを鬱陶《うっとう》しく思う子もいたようですが、社交家の千衣子はまんざらでもなさそうでした。

まあ、順調に中学を卒業して高校へ、素質からいえばオリンピック選手になっても当然だったんでしょうが、千衣子が高校のとき、家庭内がうまくなくなりました。

母親が家を出てしまったんです。

若い男と夢中になって、夫と一人娘を捨てて蒸発してしまった。

それでなくとも多感な年頃でしょう。そのショックがどんなに大きかったか。もっとも、僕などは遠くからの噂で知るだけ。その精《くわ》しいことは知ることができませんでしたが、千衣子の学校の成績が段々と落ちていったのは事実で、新体操に対してもかつての情熱は消えたように感じました。

それというのが、勿論《もちろん》、家庭内の変化が影響していたのでしょうが、もう一つには千衣子が体重の減量をうまくできなかったということもあったようです。

元々が健康ですから、その年齢には食欲も盛んなのは当然。けれども、空を飛ぶみたいに身体を動かさなければならない新体操では肥満は禁物でしょう。千衣子は金の計算が得意でないのと同じように、カロリーの計算がこちょこちょできる子じゃありません。中学のうちはそれでも先生の言うことをよくきいて体重を守っていたようですが、高校、家庭が淋しくなると同時に、食欲を制することが難しくなったようです。千衣子は少しずつ肥《ふと》り始めて、ぽっちゃりとした顔になり、勿論、そうした自然な発育は充分すぎるほど美しいと思いました。そうして、体育関係の大学は選ばず、ごく普通の短大へ進学していったんです。

え。点滴ですか？

刑事さん、ちょっと待って下さい。

もう、こんなに元気なのに、点滴しなければならないんですか。最近は何かというと点滴ですね。流行《はや》りものなんだな。僕の小さい頃はすぐ注射でしたね。ちょっとした風邪ぐらいでも。いいえ、言うことをきかないわけじゃない。ただ、針が苦手でね。看護婦さん、お手柔らかに願います。

……男ですか？　高校時代、千衣子が特に好きだった相手はいなかったようです。ただ、ラグビー部の力武《りきたけ》というキャプテンに熱を上げていたという、これは噂だけですが。どちらかというと男には無関心でしたね。母親がああなったので、男女の関係が嫌いになったのかもしれません。

父親は別でしたね。千衣子は父親を誰よりも尊敬していましたし、一番好きな男性でした。母親がいなくなってからは、一層その感情が濃くなったと思うんです。後で聞いた話ですが千衣子はその当時、誰とも結婚する気はなかった。ずっと、父親と暮らしていたかったそうです。千衣子が結婚したのは、その父親の強い希望があったからです。

親父さんは幕を作るのが仕事で、ええ、劇場の緞帳《どんちょう》を作る職人で、日本橋《にほんばし》の会社に勤めているんです。……忘れましたが、どこそかとどこそかに、親父の作った大作があるそうです。僕はあまり芝居が好きでないので関心がないんですが。口数の少ない、実直そうな人です。

大学は別々で、ですから千衣子のその後のことはあまり知らないんです。千衣子は短大を卒業すると、すぐ、六本木《ろっぽんぎ》にあるモードサロンの店に勤めるようになりました。

その時分、高校の同窓会で会いましたよ。見違えるほど垢《あか》抜けして、集まった中でも一段と輝いて見えた。貫禄も加わって、女王の座は揺るがないという感じだったな。

それから……結婚式です。千衣子が二十二の年。

ええ、それまで、大倉《おおくら》誠志という男には一度も会っていません。式で初めて顔を見たのですが、色が黒く痩《や》せていて、一見貧相な感じ。まあ、地味な点では千衣子の親父と似ていたかもしれません。

式は多勢の人が集まって盛大でしたが、年寄りが多くて、変に格式張っていましたよ。何でも、結婚式の招待客が大倉家の方が多過ぎる。それと釣り合わすため、僕みたいな同級生までが狩り出されたんだそうです。

誠志の父親は大学教授でインドネシア史学会会長を始め色々な肩書がくっ付いている。誠志の方は予備校の講師でやはり学者肌。見合い結婚だそうで、千衣子にはどうかなとちょっと心配だったんですが、後で会うと、

「彼、とてもけちなの。だから、子供ができるまでは勤めていろって、ちょうど店の支店が鎌倉《かまくら》にあるので、まだそこで働いているのよ。それに、嫉《や》きもちやきで、昨日も何か愚図愚《ぐずぐ》図《ず》言ってるから、何だと思ったら、出入りの洗濯屋と世間話が長過ぎるだって、大笑い」

などと言うものの、割りにうまく亭主を操縦しているようで、結構、生活を楽しんでいる様子でした。

それが三年前。

僕の方は大学を卒業して、今の新聞社に入社しました。千衣子は結婚すると横須賀《よこすか》のマンションに引っ越して行きました。ええ、横浜《よこはま》に誠志の勤め先があるんです。ですから、あの事件が起きる前までは、ほとんど千衣子のことは知りませんでした。

千衣子が結婚して、ちょうど一年目に誠志が死んだのですが、新聞やテレビで事件が報道されたとき、大倉誠志という名と、千衣子とはすぐ結び付きませんでしたよ。

千衣子が誠志殺しの容疑者になっていることは、高校の同級生が教えてくれたんです。電話で、でした。

「あの千衣子が保険金目当てで夫を殺すはずがない。お前新聞記者だから、事実はどうなっているのか、知っているんじゃないか」

これにはびっくりしましたね。

僕はたまたま、別の少女誘拐事件を追っていて、千衣子の事件をよく知らなかった。あわてて警察に行くと、同級生の電話よりも事件は進展していて、千衣子は夫殺しの犯行を全て白状したという。

その事件も話さなければいけませんか？

いえ、よく覚えていますとも。事件は二年前の十一月十六日でした。

金曜日の夜、十時前後。横須賀市田浦港町《たうらみなとちょう》の長浦《ながうら》市営岸壁から、乗用車が海中に転落した事件です。

現場は国鉄横須賀線田浦駅の近くなんです。貨物船が接岸するぐらい、普段は人や車の往来は少ない場所ですが、たまたま、目撃者がいた。

その車は横須賀の方からやって来て、何か不安な走り方で岸壁の方へよろけて行く。目撃者――この近くに住む年寄りで、ときどき夜の岸壁を散歩する習慣があるというんですがね。

その年寄りが見ていると、車は斜めに海の方へ向かい、曲がる気配がない。危ないな、と思った瞬間、車から女が飛び出した。車の方はそのままずるずると海中に落ちてしまった。目撃者の通報で、救助隊がすぐ現場へ。潜水夫が海に潜って捜査すると、十メートルの海底に乗用車を発見、二十分後には引き上げられたんですが、車内には三十前後の男が閉じ込められていて、すでに死亡していました。

警察の調べで、車のナンバーと免許証から、被害者は予備校の講師をしている大倉誠志だということが判りましたが、問題は車が海に転落する直前、女が車の中から飛び出したという目撃者の証言ですよ。

目撃者はそれがスカートをはいていた姿を見て女性だと言っているだけで、年齢や勿論、顔立ちなども判らない。車が転落したことに気を取られ、いつその女性がいなくなったのかも判らない。

車は頭を下に沈んでいて、誠志の屍体《したい》は車の後部に浮き上がるような形だったということで、誠志が運転していた確証がありません。目撃者の言う、車から飛び出した女性が直前まで運転していた可能性も大いにあるわけです。

千衣子は十一時近くに横須賀のマンションへ帰って来ました。警察で事情を訊かれた千衣子は、その日、誠志は高校の同窓会があって、遅くなると言って、朝、家を出たままだと答えました。

実際、警察が調べると、誠志は横浜の中華料理店で行なわれた同窓会に出席していて、六時から八時までをそこで過ごし、二次会にも付き合っている。誠志は普段酒をあまり飲まない男で、この日も車で来たことを理由にしていましたが、それでも、二次会ではコップに二杯や三杯のビールは付き合っていた。勿論、酩酊《めいてい》するほどの量じゃない。けれども、そのために、つい睡気《ねむけ》が差したということは考えられる。実際、現場附近の道には車がスリップした痕はなかったし、車にもブレーキは掛けられていなかったんです。

こうしたわけで、誠志の足取りは判ったが、千衣子の方のアリバイが極めて曖昧《あいまい》でした。警察はどうも千衣子の様子がおかしい、と疑って掛かったようです。

ここが違うところですよね、刑事さん。千衣子の性格をよく知っている私たちは、最初から千衣子の犯行でないことが判っている。しかし、警察はそうではない。性格などは別にして、先《ま》ず行動を疑ってかかるでしょう。

警察の調べに対して、千衣子はその朝いつものとおりに出勤したと言っています。勤めが終わったのは五時半。その後で千衣子は横須賀市にあるアスレチッククラブに行っています。六時から八時頃まで、クラブで体操をしていた千衣子を見た者が何人もいるのですが、問題はその後です。八時から帰宅した十一時近くまで、その間のことを警察に訊かれると、急に千衣子の返答がしどろもどろになったそうです。

最初のうち、誠志が同窓会で遅くなるのを知っていたので、映画を観ていたなどと、一時逃れを言っていましたが、その映画館はどこで、観客は何人ぐらいいたか、映画の内容は、などと細かく問い詰められると、何も答えられなくなったそうですね。

結局、千衣子はアスレチッククラブからそのままマンションの自宅に帰ったと言葉を翻《ひるがえ》しました。独りでテレビを観ていると、誠志から電話があって出て来いと言う。酔っているようで、車の運転ができなくなったのだと思い、指定されたカラオケバーの近くまで行くと、誠志の車が道に駐車していて、千衣子を見付けた誠志がドアを開けた。時刻ははっきりしないが、多分、九時半から十時の間。千衣子が運転を替わると、誠志は眠くなったからと言って目を閉じた。千衣子が横浜から自宅に向かう途中で殺意が起こり、普段から様子を知っていた長浦港の岸壁に行き、誠志を車ごと海に突き落とし、自分はその直前に車から脱出した……こう、白状したんです。

犯行の動機は、誠志の吝嗇《けち》に堪えられなかったこと、もう一つには誠志が掛けていた保険金にあった、というんです。

これが、警察で発表した事件の全貌でしたね。

僕がそれを知ったとき、千衣子はすでに勾留されていました。

早速、弁護士の事務所へ。

千衣子の弁護士は遠見《とおみ》という、まだ若い、プロレスラーのような大柄な男で、その癖、息切れのする細い声で話すんです。

「あの人は白ですね。ただし、まだ僕にも本当のことを言わない。単純そうでいて、かなり難しくなりそうな気がする」

これが、遠見さんの感想です。

「千衣子さんの供述は誘導されたみたいだ。千衣子さんが本当のことを言えないものだから、事件の夜、誠志と同じ車に乗っていたんじゃないかと言われると、はい、さ。誠志に殺意があったんだろうと詰め寄られても、はい。最後にはその誘導に乗って殺人まで認めてしまったようです。その後、僕が千衣子さんに会ってみると、その供述とは話が大分食い違っている。特に細かな時間になると話す度に狂ってくる感じで、喋《しゃべ》らされた供述だからそれを忘れている感じなんですね」

「……しかし、それでは、千衣子さんは殺人犯にされてしまうではありませんか」

「そう。自分が殺人犯にされても、言えないことがあるようですよ」

「誰かを庇《かば》っているんでしょうか」

「まだ、何とも言えませんがね。真相を究明するため、何とか頑張ってみます」

僕は千衣子にも面会しました。

千衣子はわずかな間に見違えるほど窶《やつ》れてはいるものの、口だけは元気で、

「わたしのことを面白く書き立てるんでしょう」

と、鰾膠《にべ》もない。

どうやら、警察にも弁護士にも同じ態度で、全世界を敵に廻しているようで、肩を怒らせていることが判りましたよ。しかし、

「そうじゃない。昔から君が好きなんだ。僕は君がどう思おうと君の味方だよ。どうしても罪を晴らしたい」

と、繰り返すうちに、やっと表情が和んで来て、涙さえ泛べるようになったんですが、

「今、お願いだから、わたしをそっとして置いて」

と言うだけ。とっくに罰を受ける覚悟ができていて、その心を動かそうとしない様子です。そう……僕が千衣子に好きだと言ったのは、本当にそう思ったからです。

一廻り小さくなった千衣子は、昔、学校の体育館で、妖精みたいに飛び跳ねていた千衣子に戻った感じで、僕はその姿を見て胸がかっと熱くなり、別れてからも千衣子の顔が目の前から離れなくなってしまったんです。何としても千衣子を助けなければならない。

遠見弁護士も熱心でした。

遠見さんの言葉に従ったのでしょう。その後、千衣子は前の供述を否定して、誠志を殺したのは自分ではないと言うようになったんですが、警察では前の供述を重く見て、千衣子を殺人罪で起訴、千衣子はそのまま未決勾留されることになりました。

何しろ、当人の千衣子が協力しないんですから始末が悪い。そこで、私たちは直接でなく、千衣子の身辺を捜すことになったんですが、意外なところから、事件当日の千衣子の行動が

判って来ました。

　千衣子が通っていたアスレチッククラブに行ったときのことです。クラブは横須賀市の少しはずれにあるビルの一階で、ＳＳスタディオというんですが、そこで千衣子と顔見知りだという女性を見付けて、事件のあった日の千衣子の様子を訊き出していたんです。その女性は、その日のことをよく覚えてはいましたが、千衣子はいつもと少しも変わりはなかった。気になるような話もしなかったと言うので、特にそれを期待していたわけじゃないんですが、半分諦《あきら》めて帰ろうと思っていると、事務員のような若い男が傍に来て、僕の相手の女性に、

「あなた、名簿をどこかに忘れて来やしませんでしたか？」

　と、訊きました。

　ええ、何気ない調子で。顔を見てふと思い出したような言葉でしたが、何でもいい、どんな小さなことが手掛かりになるかもしれないと、内心ぴりぴりしていた僕は、すぐその男に精しく説明させたんです。すると、

「最近、ＳＳスタディオでは、会員の名簿を作り、皆に渡したのですが、その内の一人が忘れ物をしたようで、二、三日前、その名簿がＳＳスタディオの事務所宛に送られて来たのです」

　との答え。

「名簿が出来たのはいつですか？」

「十一月の十四日です」

つまり、事件の二日前。翌日からスタディオに来た会員の一人一人にそれが手渡されたということで、十六日に行った千衣子にも、当然それが手渡されたに違いありません。

僕と話していた女性は、

「あら、わたしなら持っているわ。貰《もら》ったままになっている」

と、バッグを引き寄せて、赤い表紙の小冊子を取り出して見せました。

「それなら、いいんですがね」

事務員は何か、意味あり気な笑い方をしました。

「一体、その名簿はどこに忘れられていたんですか?」

事務員は、ちょっとと言って、僕をスタディオの隅に連れて行き、耳に口を寄せたものです。

「あまり、大きな声で言えないので、一人一人にそっと訊いているわけなのですよ。実は、この名簿はホテルから送られて来たんです」

「ホテル?」

「ええ。近所にある中級のホテルで、お忍びにはちょうどいい静かなところなので、ラブホテルみたいに利用されているようです」

「すると、お宅の会員の誰かがそのホテルに行って、つい、渡されたばかりの名簿を忘れて来た？」

「そうでしょうね。どうしてなかなか皆さん、健康ですから」

「で、まだわたしが忘れたという人はいないんですね」

「ええ。大部分の方に訊いたんですがね。勿論、ホテルの名は出しゃしません。それでも、気にして自分だと言い出せないのかもしれませんが」

それは千衣子に違いない。ぴんと来たんです。

わけを話して、その名簿を貸してもらいました。

遠見弁護士はその名簿を持って警視庁の鑑識課へ。指紋係はその名簿から千衣子の指紋を採取しました。

事件は一挙に解決です。千衣子は事件の夜、誰かとホテルで過ごしていた。確かなアリバイがありました。

しかし、殺人犯にされてもそれを言わなかった千衣子の口から相手の男を訊き出すことはできません。

僕と遠見さんは千衣子には何も言わず、そのホテルに行きました。そして、宿泊カードから、相手の男も判りました。

力武正造《しょうぞう》――宿泊カードには本名が記載されていました。高校時代、千衣子が憧れていたことがある、ラグビー部のキャプテンだった男ですよ。ただし、相手の名前はカードにはない。他一名としてあるだけ。それがそのホテルのやり方だと言われました。カードも何もない、ラブホテルよりはずっと健全だというような態度でね。

今だから本当のことを言えるんですが、刑事さん、そんなわけで、僕たちは千衣子の無実を信じていたんです。

……ちょっと、そのカーテンを引いてくれませんか。いや、有難《ありがと》う。目に陽が差すもんですから。お使い立てして済みませんです。

まだ三時なのに、もう陽が落ち掛かっているんですね。めっきり日が短くなりました。綺麗な空ですねえ。いえ、普段は仕事で駈け廻っていることが多いものですから、こんなに落ち着いて空を見ることなど滅多《めった》にないんです。福井は夕陽の綺麗なところですね。

……しかし、腹が立ちました。ええ、力武正造に、です。

テレビにも新聞にも事件は大きく報道されましたから、千衣子が夫殺しの容疑で逮捕されたのを力武が知らないわけはない。自分がすぐ名乗り出て、千衣子のアリバイを証明してやれば、すぐ釈放されることは判っている。にもかかわらず、黙《だ》んまりを決め込み、千衣子に苦しみを与えているとは、一体、何という奴だろう。

僕が会いたいというと、新聞記者だと知った力武は、最初、難色を示しましたよ。しかし、僕は個人的な付き合いで千衣子のことを調べている、記事にするつもりはないと言うと、しぶしぶ面会を承知しました。ええ、そのときは遠見さんも一緒でした。

力武はちぢれっ毛の、色の黒い骨太の男で、昔とそう変わっていませんでした。もしかすると、千衣子のことは知らぬ存ぜぬで白《しら》を切り通すんじゃないかという気もしたんですが、力武は意外と素直に全てを認めました。

力武はSSスタディオに知り合いがあって、ときどき顔を出すうち千衣子に魅力を感じるようになったと言いました。

事件の当日、その日は最初から千衣子を誘う気でスタディオに行ったそうです。千衣子が金曜日に来るのを本人から聞いていたんです。千衣子が帰る時刻を見計らってスタディオに行き、偶然のような顔をして千衣子と出会い、そのまま、同じ建物の地下にあるバーに誘いました。千衣子に酒を飲ませ、酔ったところを見計らってホテルに誘う。

最初千衣子に強く断わられたそうですが、力武はどこか女性を口説く才能を持っているようです。千衣子がついに態度を和らげると、それに付け込んでとうとう籠絡《ろうらく》してしまった。千衣子に夫がいるのを力武は知っていました。千衣子も力武に妻子があるのを承知でした。完全な浮気なんです。

「いくら浮気にしろ、千衣子は逮捕されたんですよ。それを放って置いて宥《ゆる》されると思うんですか」

と、僕が言いますと、力武は、

「思っていません」

と、答えました。

「そりゃ、僕には妻子がある。家庭に不満はなく、仕事も順調にいっているんです。でも、それが大切で今まで黙っていたわけじゃないんですよ。全ては千衣子の魅力に負けてしまい、誘惑した僕に責任があります。単なる浮気だと言って知らん顔をしていたくはないんです。勿論、警察に出頭して千衣子のアリバイを言い、千衣子を助けてやりたい。浮気が公《おおやけ》になったために、家庭が崩壊し、職場を追われても仕方がないとまで思っています。しかし、そうしたくとも、千衣子の方が絶対にそれを承知してくれないんです」

「千衣子の方が？」

「ええ。実は、千衣子が逮捕される前、僕はあの事件を知っていました。あの夜、千衣子とホテルを出たのが、十時四十分頃。そのままタクシーで千衣子を家の近くまで送り、僕はその車で自分の家に戻ったんですが、すぐ千衣子から電話があり、今、警察が帰ったところで、誠志が自動車事故で死亡し、自分に殺人容疑が掛けられているようだが心配しないで欲しい。それから、今夜の二人のことはどんなことがあっても警察に言わないと誓ってくれというんです」

「そして、それを誓ったんですか？」

「仕方がありません。それでなければ、千衣子は舌を嚙み切って、死ぬと言いました」

ました」

「ええ。脅しではなく、本当に死ぬと断言しました。言葉の調子ですと、きっと死ぬと思いました」

「死ぬ？」

「……つまり、それほど千衣子はあなたの身を気遣っているんですか」

「いや、反対でしょう。あの夜、誘惑した僕をひどく憎んでいると思います。それだけはよく判ります。あの夜、最後まで、千衣子は後悔していたからです」

「すると、なぜ、千衣子はあなたの助けを拒否しているんですか」

「……判りません」

「千衣子は夫殺しの罪で、死刑を宣告されるかもしれないのですよ」

「死刑にされても、それを表沙汰にできない、重大な理由があるに違いないんです」

最後に、力武は私たちにこう言いました。

「僕はいつでも警察に出頭して全てを言う覚悟でいます。このままでいる方が、ずっと辛いのですよ。ですから、弁護士さん。千衣子を説得して下さい。説得して、真実を明らかにするようにして下さい。そのために助けられるのは僕の方かもしれない」

こう言われますと、それ以上、力武を追及することはできなくなりました。

遠見さんは早速、裏付け捜査を始めまして、力武の言った全てが正しかったことを確認しました。後は千衣子を説き伏せるだけです。けれども、力武の話で心配していたとおり、千衣子が絶対に首を縦に振らなかった。それを公表されるくらいなら、この場で死んでしまうと言い放ち、それ以上相手になりません。

折角、無実を晴らそうと苦心しているのに、本人は嫌だと言う。普通の人なら怒るでしょうが、遠見さんはそうではなかった。その内、事情が判ってきて、千衣子に同情を寄せるほどになりました。

千衣子が年頃のとき、母親が男を作って、家庭を捨てていなくなってしまったことは、さっき言いましたよね。

千衣子はその行為をずっと宥すことができなかった。それが、男女間の交際の厭悪《えんお》にまで及び、父親の勧めがなかったら、生涯独身で通そうとまで思い詰めていました。

ところが、つい誘われた浮気であるにしろ、自分が怨み嫌っていた母親と同じ行為をしてしまった。自分の醜《みにく》さは仕方がないとしても、二度、父親に同じ思いをさせてはならなかったのです。たとえ自分に大罪が掛かろうと、その行為を父親の耳に入れられない。

恐らく、夫に対する背信の思いより、父親に対する裏切りの苦しさの方が強かったに違いありません。それは、千衣子にとって、死以上に値する罪でした。

結局、遠見さんも力武の証言を持ち出すのを諦めるしかなかったんです。

改めて自分を振り返りますと、これは到底、僕ではこんな気持ちにはならないだろうと痛感しましたね。僕などには較べようもない情の深さというものがある。千衣子——というより、女性一般、血のつながりに対しては自分の死さえかえりみないときがある。

昔の芝居によくあるでしょう。お主《しゅう》の子の身代わりとして我が子供の首をはねる。これは男の発想で、女性とはかなり違いますよね。火の中で子を庇って我が身が焼け死ぬ。自分は餓えても子に食物を与えるというのは大体が女性の方です。

千衣子の場合、その対象が父親にあったわけで、僕は女性の激しい情に改めて驚きを感じると同時に、別世界の神秘を見る思いがしたものです。

それ以来、千衣子はすっかり悟りきった心境になったようです。元々が諦めのいい女性でしたが、表情さえ澄んだ水面を見るように清らかになって、静かに判決を待つだけ。その姿を見ると、胸が締め付けられる思いで、僕は千衣子の判決を待たずに、勾留中の彼女に結婚を申し込んだものです。

千衣子の判決公判は丸一年経った、昨年の十一月でした。

この裁判については記録がありますから、精しく話すことはないでしょう。

弁護側は千衣子の意向を通して、一切、力武のことは公にしませんでした。

地方裁判所での判決公判の結果は、無罪。

千衣子にアリバイがないというものの、罪状に対する証拠が不充分だった、というのが主な理由です。

唯一の目撃者の証言――被害者、誠志の車が海に落ちる寸前、車の中から女が飛び出したという点については、内容が曖昧すぎる。現地調査をしたところ、その現場は暗い上に目撃者がいた位置からはほど遠い。そして、その現場は普段人や車の少ないところで、だから、アベックが散歩するのには適している。車から飛び出した女性というのは、たまたま通り掛かった女性の一人が、不意に意外な方向へ走り出した車に驚いて車を退《よ》けた姿だったことも考えられる。

更に、目撃者が毎夜岸壁を散歩していたというのが、そこに集まるアベックを見物するのを趣味にしている老人だということも明らかとなったことや色々ありまして、その証言に信《しん》憑性《ぴょうせい》が薄いと判断されたわけです。

検察側も控訴を取り止めたので、千衣子はその日からすぐ自由の身となりました。

まあ、取調べの警察官が、千衣子が諦めのいい女性だとは知らず、最初の自白を重くみたために、こういう結果になったのでしょうが、警察の黒星はたまたま不運なことが重なり合ったためとしか言いようがありません。

僕たちはすぐ結婚して、千衣子は横須賀から今住んでいる恵比寿《えびす》に移って来ました。

それから一年間、特に変わったこともありません。極くありふれた、共稼ぎの夫婦生活を過ごして来ただけです。

僕は今でも新聞社に勤めるサラリーマンですから、贅沢《ぜいたく》はできませんが、まあまあの暮らしだと思っています。欲を言えば限りはありませんが。

千衣子の方は、元の六本木のモードサロンの店に勤めるようになりました。ええ、社長が千衣子に同情して、勤めに戻るように言ってくれたんです。

しかし、何が幸いになるか判りませんね。勾留の一年間で、千衣子の体格がすっかり変ったのに目を付けられまして、ファッションモデルの仕事も頼まれるようになりましたよ。ええ、今じゃ、モデルが主な仕事です。人前に立つのは元々好きな方でしたから、毎日を楽しんでいたんですよ。

ですから、今度の事件でも、千衣子に殺意がなかったことは、最初から判っていました。

あっ……

失礼——看護婦さんでしたか。

いや、千衣子かと思った。……大丈夫、点滴は順調ですよ。

刑事さん、今みたいに千衣子が勢いよくドアを開けて、わたしが悪かった、宥してねなどと言いに来るんじゃないかという気がしてならないんです。まだ、千衣子が死んでしまったような気にはなれません。ですから、こうして喋っていられるんでしょうね。

昨日のことですか。

十一月二十三、四、五日と久し振りに揃って連休が取れました。お互いに不規則な仕事をしているものですから、擦れ違いが多かったんですが、そういう日は珍しい方です。

旅行の計画は僕が立てました。

二十三日にはゆっくりと東京を発ちまして、新幹線で京都へ。千衣子が紅葉を見たいと言うものですから、嵐山《あらしやま》を見物しました。帰りには二条城《にじょうじょう》へ寄って、時間に追われる旅ではありませんでしたから、気ままな時間にホテルへ行きました。

無論、千衣子におかしな態度などありません。全山錦のような紅葉に感激したり……ええ、今年の紅葉は取り分け鮮やかだといいます。二条城の秋のたたずまいもさることながら、千衣子は京の食事がひどく気に入って、毎回、料理屋を選ぶのが楽しくてならない様子でした。

次の日……昨日ですが、朝、京都を発って、湖西《こせい》線で敦賀《つるが》へ。若狭路《わかさじ》から越前《えちぜん》海岸へ出、東尋坊《とうじんぼう》の夕日を見ようというので、敦賀でレンタカーを借りました。

その日も天候に恵まれました。水平線のあたりに、数本の紫色の雲が糸を引いていて、暗赤色の陽がその向こうに掛かったとき、一瞬、木星の顔になりました。それが、まだ目の奥に残っているほどです。空が暗くなるまで、私たちは岬を離れることができませんでした。

再び車に乗って若宮《わかみや》港の方へ。ええ、そのとき、千衣子が車を運転したのです。

今、思うと、陽の落ちた若宮港のあたりはちょうど大倉誠志が二年前、車ごと海に落ちた長浦港の岸壁によく似ていたんです。それで、千衣子はあの事件を思い出したに違いないんです。

ですから、咄嗟《とっさ》にそのことがひらめいたんですね。絶対に、計画的ではありません。

港の中頃まで来ると、千衣子は急にハンドルを切った。

フロントガラスの前に道路が消え、海が拡がったんです。

「何をするんだ」

僕はあわててハンドルをつかんだのですが、そのときは遅かった。

「あなた、許して――」

千衣子の悲鳴に似た声が最後だったんです。……そうですか、目撃者もそう言っていましたか。

咄嗟のひらめきだったに違いはありませんが、千衣子は僕が車ごと海に落ちても、必ず脱出して自分を助けるはずだと、読んでいたんでしょう。高校時代、僕が水泳部で潜りの名人だということをよく知っていたのですから。

ただ、水温の低さで、自分が心臓麻痺《まひ》を起こすことまで読んでいなかったんです。

千衣子はただ、殺人未遂罪で、警察に勾留されたかったんです。ええ、千衣子は忘れることができなかったんでしょう。

前の事件で一年間勾留されたとき、完璧に減量できたことが、です。

金津《かなづ》の切符

小さいときから物を集める性向があった。

箱夫《はこお》の引出しにはいつも、小石、ボタン、シール、小さくなった鉛筆や消しゴム、智慧《ちえ》の輪や独楽《こま》、折り紙や綾取りの紐などで一杯になっていた。そのうち、引出しから溢《あふ》れ出した虫眼鏡、磁石、歯ブラシ、箸《はし》、貯金箱、鏡、擂《す》り粉木《こぎ》などが部屋に山積みになった。小学校へ入学する頃には、蜻蛉《とんぼ》、甲虫《かぶとむし》、蝶などの昆虫の標本が加わり、空缶や口の欠けた土瓶や鍋、雑誌やカタログや付録類で、部屋の中は足の踏み場もないほどだった。

箱夫の習癖は、どうやら父親から譲り受けたものらしい。父親の部屋は無数の古時計で埋まっていた。箱夫は閑《ひま》さえあれば部屋に籠《こも》って古時計の手入れをしている父親の姿が好きだった。

骨の折れた傘、古い蛍光灯、家を工事したときに出てきた鉛管の切れ端や土管、水道の蛇口なども箱夫の部屋に運ばれた。

たまりかねた母親は父親に相談したらしい。ある日、箱夫は時計の部屋に呼ばれた。父親はしんみりした調子で箱夫を諭した。物を集めるということ自体、悪いことではない、と父親は言った。ただし、何の意味もなく集めた物はただの掻き寄せにすぎない。人と物との間に心が通うようになるのがよい蒐集《しゅうしゅう》である。そのためには、美しい物を選ぶこと。そして、集める物に統一を持たせ、きちんと整理すること。時計の部屋は無言でその理想を示していた。

箱夫は初めて蒐集という言葉を知り、目が覚めたような気持ちになった。一日考えた結果、蒐集物は切手、映画館や遊園地の半券、乗物乗車券や記念切符などの券物を残し、残りはすべて処分することに決めた。券物なら綺麗に整理保管する自信があったからだ。

蒐集を絞ることで券物の蒐集が積極的になった。券物のなかでは切手が一番集め易かった。外務省の在外公館課に勤務する叔父がいて、これまでときどき、外国の珍しい切手を持って来てくれたが、箱夫は自分から叔父の家を訪問するようになった。この叔父のほかに、よく手紙を貰《もら》っていそうな知り合いを尋ねて、蒐集はだんだんに量を増していった。箱夫は集まった切手を、国別や年代別に整理し、一冊のアルバムに貼って大切にした。

そのアルバムを角山時彦《かくやまときひこ》に見せることになった。

角山時彦は頭が大きく、色白でのっぺりした顔の同級生で、普段目立たないくせに人の弱点を見つけると毒舌家となる、どこか陰険な子供だった。どんなことがきっかけになったのか覚えていないが、仲よしでも好きでもなかった角山に切手のアルバムを見せることになった。
角山は最初のうち、アルバムを珍しそうに眺めていたが、一通り見終わると、汚れた切手が多いし、アルバムの台紙に糊《のり》でべったり貼ったような切手は値打ちがないと言い出した。けちをつけられた箱夫はすっかり気分を悪くした。角山はくちゃくちゃガムを嚙みながら、自分の蒐集を見せると言い、箱夫を自分の家に連れて行った。

一目で、角山は本格的な蒐集をしていることが判った。切手専門のアルバムに並んだ切手は、確実に箱夫の蒐集の十倍はあった。角山は切手を扱うのにピンセットを用い、箱夫には絶対手を触れさせなかった。

箱夫はそのとき初めて、切手は郵便局にだけでなく、蒐集切手の専門店にもあることを知った。角山は切手を見せながら、値段のことばかり言った。一番の自慢は青い小さな切手で、四十八文という文字が印刷されていた。これも買ったのかと訊くと、角山は得意気に切手屋の親爺《おやじ》の隙を見て、ただで持ってきたのだと言った。

知り合いの機嫌を取ったりして、自力で集めた切手が値打ちがなく、蒐集のために郵便局や専門店から買った物に値打ちがあることが、むやみに腹が立った。

角山の切手を見てから公園に行き、ささいなことに言い掛かりをつけて、角山の大きな頭を撲《なぐ》り、大喧嘩《おおげんか》になった。

家に帰ってからも腹の虫は収まらなかった。箱夫は傷つけられた自分のアルバムを全部捨てしまい、以後、切手とは縁を切った。

高校に入学した年、父親が狭心症《きょうしんしょう》の発作を起こして急死した。父親が死んで、膨大な古時計が残された。

ちょっとした遺産があって、生活に不自由はしなかったが、母親は残された古時計に困ったようだ。夫婦の仲はよかったが、母親は最後まで、時計の蒐集に関しては理解できなかったのである。古時計の一つ一つには、苦い思い出があるようだった。

百カ日が過ぎた頃、母親は骨董古美術商を呼んで、一個の和時計だけを残し、すべての古時計を売り払ってしまった。

残された一つは、特に父親が秘蔵していた品だった。十二支の文字盤と、二つのランプを覆う天部が美しく、時を告げるオルゴールが内蔵されている。大名が使っていたという置時計にふさわしく、豪華な毛彫りの装飾には螺鈿《らでん》や石の象嵌《ぞうがん》があった。

母親は和時計を紫檀《したん》の箱に入れて箱夫に持たせ、目黒《めぐろ》の五本木《ごほんぎ》に行った。五本木には亡父の友達だった菊島《きくしま》という男が住んでいた。父親が死んだら、その和時計は菊島が譲り受ける約束ができていたようである。

立派な邸宅であった。菊島と父親とは中学が同じだったが、会ってみると、父の方が立派だと思った。菊島は目と口元に力がなく、下品な感じを与えた。

最初のうち、菊島は神妙な表情をしていたが、目の前に和時計が現われると、押えても止まらないにたにた笑いが顔中に拡がっていった。

箱夫はもし父親がこの光景を見ていたら、どんなに口惜《くや》しく思うかしれないと思った。父親の蒐集が、どんなに素晴らしいものだったか、再確認しなければすまないような気持ちになって、箱夫は菊島に、

「参考のために、あなたのコレクションを拝見したい」

と、申し出た。

父親の和時計を手に入れ、すっかり上機嫌になっていた菊島は、すぐ、別室に箱夫を案内した。

一歩部屋に入ったとき、箱夫は完全に圧倒されてしまった。

和時計や櫓《やぐら》時計の数だけでも、父親の蒐集の十倍はあり、その値打ちは見当もつかなかった。父親の蒐集が最高だと思っていた箱夫は、しばらく絶句していた。欲しくてならない時計を見つけたが、あまり高価なため手に入れることができず、溜め息を吐《つ》いていた父親の姿が目に泛《うか》んだ。父親は貧しくはなかったが、欲しい品は何でも手に入れるほど富裕ではなかった。だが、菊島にはそれが可能だったようだ。だからこそ、菊島が懇望し続けた和時計を、最後まで手放さなかった気持ちが判った。父親は菊島のような蒐集ができなかったのが無念だったのだ。箱夫は菊島より先に死んだ父親が気の毒でならなかった。

「この時計を手に入れた瞬間から、私のコレクションは、まず、日本一になったでしょう

な」と、菊島は言った。

最後の和時計を菊島に渡した母親は、さばさばした顔で菊島の邸を後にした。箱夫の方は新たな父親の無念を背負わされて家に戻った。

それがきっかけで、蒐集に対する考え方が変わった。

蒐集とは上質で美しい品を大量に手にすることである。ただし、金銭で勝負のついてしまうような物には、絶対に手を出すべきではない。

母親はそれから続いて、次々に父親の遺品を処分していった。それがどういう心理からか判らないが、手紙や日記類をすべて焼き捨て、衣服は親類の希望者に分け与えた。部屋の整理を手伝わされた箱夫は、古い数冊の部厚なアルバムを見つけた。開いてみると、さまざまな記念乗車券の類《たぐ》いが目に飛び込んできた。箱夫はどきどきしながら、そのアルバムを自分の部屋に持ち込んだ。母親に見つけられたら、古時計と同じ運命を辿っていたに違いない。

夜になってから、そのアルバムを丁寧に調べた。父親は密かに、宝籤《くじ》の外れ券や、記念切符なども蒐集していたのだ。

その第一ページには満州《まんしゅう》軍総司令部凱旋《がいせん》記念切符が収められ、父親の手跡で「東京都電の前身、東京市街鉄道明治三十八年十二月発行、日本記念乗車券第一号」と添え書きされている。明治三十八年といえば、まだ父親は生まれていない。箱夫は祖父の蒐集を父が襲《つ》いで整理したものに違いないと思った。記念乗車券一号を最初に、アルバムには数知れぬ券類が並べられていた。別に、マッチ箱のレッテルや、煙草《たばこ》の外装を集めたアルバムもあった。

長い時間、飽きもせず、箱夫はアルバムのページを繰っていた。そのうち、一つの不安が頭をもたげてきた。

これは、実に夥《おびただ》しい蒐集だが、しかし、完全な蒐集と言えるか、どうか。

再びページを繰ると、蒐集は完全ではなく、かなり気ままなものだということがすぐに判った。例えば宝籤では第一回があるが二回は欠けている。記念乗車券も年によってばらつきが目立つ。

菊島でさえ「自分の蒐集は日本一」と言ったが、「世界一」とは言わなかった。世の中にはまだまだ大金持ちがいることを、菊島はよく知っているのだ。世界一と言えなかった点が、蒐集家としての菊島の泣きどころに思える。その菊島の鼻柱を折り、父親の無念を晴らすためには、完全な蒐集を菊島の目の前に突きつけなければならない。

箱夫がぼんやりとアルバムを繰っていると、妙な切符が目に止まった。福井の金津《かなづ》から三国港《みくにみなと》の往復切符で、往きと復《かえ》りの両方に同じ鋏が入れてあり、復券の方に「誤入鋏《ごにゅうきょう》」という印が押されている。恐らく、父親が三国港へ旅行したときのもので、改札係がうっかり復券の方へ鋏を入れてしまい、誤入鋏の印を押して訂正したのだろうが、物好きな父親はその印が珍しくて、持ち帰ったようである。切符の日付は昭和十五年六月一日だった。

その切符を見ているうち、啓示に似た一つの考えが閃《ひらめ》いた。

国鉄駅で発行される乗車券を、一枚残らず集めてしまう。それなら、完全な蒐集と言えるだろう。その蒐集は、どんな金持ちでも金と替えることができず、そんなことを考える人間も、まずいまい。国鉄全線を乗り潰そうという鉄道マニアなどまだ一人もいない。幸福《こうふく》駅の切符がブームになる、十五年も前のことだった。

国鉄全駅の乗車券を蒐集する——それは素晴らしい考えのように思えた。

だが、一口に国鉄全駅の乗車券を蒐集すると言っても、それは果たして可能なことだろうか。

箱夫は翌日、時刻表を求め、索引地図を拡げてみた。そこには細かい字で、びっしり駅名がひしめいていて、とても片端から算《かぞ》える気は起こらなかった。だが、国鉄の全長、約二万キロメートル。大ざっぱに四キロに一つの駅があるとしても、五千もの駅があることが判る。そのすべての駅が発行する乗車券を集めるということは、気が遠くなるような時間との戦いになりそうな気がした。

しかし、不可能に近ければ近いほど、やり甲斐のある仕事に思えた。

手初めに、東京の山手線《やまのて》を一周してみた。いままで、気にも止めなかったのだが、駅の構内には必ず数枚の乗車券が落ちていた。それを拾い集めると、すぐ山手線全線の乗車券が揃った。この収穫はかなり順調のように思えたが、拾い集める切符には限度がある。拾い集めた分は、九牛《きゅうぎゅう》の一毛《いちもう》でしかないようだった。

夏休みになると、切符蒐集の旅に出た。

まず、東海道線《とうかいどう》から買い潰しに掛かったが、一つの駅の券を求めるには、一度下車をしなければならない。東海道線のように列車の本数が多い線はそれでも日に二十数枚の券を手に入れることができるが、支線のローカル線などでは、日に数往復、なかには日に一本という線もあり、これなら列車を待つより線路の上を歩いた方が早い。やっと辿り着いた駅は無人駅で、券の入手が不可能だったりする。だが、よくしたもので、無人駅には「ご使用済みの切符はこの中へ入れて下さい」と書いた箱が備えられているので、その中の切符を漁ることができる。

無人駅——駅員無配置駅が多いのも、券を集めてみて初めて判ったことだ。そのほかに国鉄職員でない人間が駅を守っている民間委託駅もあり、なかには手書きの乗車券を発行している駅など、不思議な旅情を味わうこともあった。

蒐集を始めて三年目、中央線《ちゅうおう》の浅川《あさかわ》駅が高尾《たかお》駅と改名すると聞いて、急いで未入手だった浅川駅まで駈けつけたこともある。あるときは、余分な切符を持っているのを駅員に見つかり、不正乗車の疑いをかけられた。国鉄全駅の乗車券を蒐集するのだと説明しても駅員はそんなばかなことをと、本気にしなかった。

各駅宛に手紙を書き、現金を郵送して券を手に入れる試みをしたこともある。蒐集家の気持ちが判って、裏に無効の印を押した券を送ってくれる駅もあったが、それはごくわずかで、ほとんどは梨のつぶてだった。

蒐集は遅々として進まなかった。

箱夫の不正乗車を疑った駅員が、その計画を一笑した理由が判った。専門家の目では、それが不可能だったのだ。完成の目処《めど》がつかぬまま、蒐集はほとんど惰性《だせい》で行なわれたが、何年かすると、社会に変化が起こった。

最初はSLブームだった。ブームはブルートレインに拡がり、続いて昭和四十九年、愛国《あいこく》駅の乗車券がファンの間で話題になったと思うと、たちまち一般に拡がり、五十三年には一千万枚を売り切った。鉄道趣味が全国に火の手を上げた感じだった。

全国に鉄道愛好会のグループが誕生したが、箱夫はそのなかでも、最も熱狂的と思われるクラブに入会した。このクラブには、常軌を逸したマニアがごろごろ棲息していた。ただ、ひたすらにSLを追う男、国鉄の全線区を踏破しつつある男、機関車のナンバープレートに血道を上げている男、テーブルトリップの専門家、印刷物ならポスターや広告、駅弁の包み紙や箸袋まで集めている男、便所の拓本を取り続けている男、車輛《しゃりょう》を自宅の庭に置き、その中で寝起きしている男。

不思議に女性はいなかったが、そのなかにいれば、箱夫の蒐集はごく普通の行為としか見えなかった。

会員達は箱夫の蒐集に協力してくれた。箱夫の目的はただ国鉄全駅の乗車券の蒐集だったから、記念乗車券などには用がなかったので、そうした券は惜し気なく会員達に提供する。その見返りとして、あらゆる駅の乗車券が続々と箱夫のもとに届けられる。券は次々と空白を埋めていった。

蒐集は飛躍的に完成へと近づいていた。

最後の日が近づいた。どこからか聞きつけて、テレビ局が取材を求めてきた。

最北端の駅。北海道は宗谷《そうや》本線。稚内《わつかない》駅で、箱夫は最後の一枚の乗車券を手にした。ニュースショウの取材班はその瞬間を撮影し、翌日、その場面は全国のテレビに流された。

国鉄全駅の乗車券の蒐集を企ててから、二十五年の歳月が経過していた。

電話の声に聞き覚えはなかった。名を言われても、急には思い出せなかった。

「……俺だよ。小学校で一緒だった、角山時彦だよ」

と、相手は言った。

箱夫はそれで、頭が大きくのっぺりとした角山の顔を思い出した。

「昨日、テレビで君が出ているのを見たよ。懐かしくってねえ。久し振りに会いたくなったんだよ。遊びに行っても、いいかい」

箱夫は何の考えもなく、いいと答えた。

六月の末、蒸し暑い日が続いていた。夕方、角山は箱夫の家にやって来た。

角山はあまり同窓会へも顔を見せなかった。十年ぶりの再会で、角山はしきりに懐かしいを連発した。しばらく見ないうちに、額がかなり禿《は》げ上がっていて、のっぺりした感じが一層強くなっている。汗じみたシャツに、膝《ひざ》の抜けかかった紺のズボンで、豊かな暮らしとはほど遠いようだった。

しばらくは取りとめのない雑談となったが、話題の切れ間に、角山は何気ない感じで、

「君のコレクションが、ぜひ見たいなあ」

と、言った。

後で考えると、角山が訪問した目的は、箱夫のコレクションを見ることだと判ったが、そのときにはまだ角山の心が判らなかった。蒐集が完成した直後のことで、興奮がまだ醒《さ》めきらず、角山の申し出はごく自然なものに受けて、箱夫はすぐに何冊ものアルバムを角山の前に置いた。

角山の目が生気を帯びてきた。ほとんど口をきくこともなく、角山はアルバムのページを繰った。箱夫も一枚一枚の乗車券に思い出があるので退屈はしなかった。

角山は最後のページを見終わると、何か安心したような表情になった。

箱夫は感想を期待していたので、角山の独り言を聞き逃さなかった。

「……まあ、こんなものかな」

角山は確かにそう言った。

箱夫は表情を固くした。角山は声を出さず、唇だけでへらへらと笑っていた。

「こんなもの、というと、何か不満なところでもあるのかね」

無意識に声がとげとげしくなった。

角山は急いで笑いを引っ込めた。

「いや、大変なコレクションで感心しているんだよ。相当な苦心だったろうなあ、と」

「でも、こんなものかな、と聞こえた」

角山は少しもじもじしてから、

「ただね、君はテレビで、繰り返し完全な蒐集だと言っていたが、完全だという点になると、若干、弱いところがあると思っただけだ」

と、言った。

突然、小学生の頃の記憶が蘇《よみがえ》った。小学生の角山は、箱夫が苦労して集めた切手を見てけちをつけ、こき下ろした。その記憶が、口惜しさと共に蘇ってきた。

「どこが弱いか、聞かせてもらおう」

箱夫は気色ばんで言った。

「そう、むきになられても困るよ。怒らないと約束してくれれば言う」

「……じゃ、怒らない」

角山は変に自信のある口調に変わった。

「例えば、君のコレクションには軟券がかなり入っている。券売機で使われる軟券は永久保存など目的としていないから、インキが悪くて、折角《せっかく》蒐集しても色が飛んでしまう。だから、軟券は蒐集の対象にならないという人もいる」

「しかし、現在無人駅で、自動販売機しか置いてない駅が多くある。それを言うのは無い物ねだりだと思う」

「じゃあ言うが、君の蒐集には欠けている駅がある。手近なところで、東京の環状《かんじょう》線内では二つもの駅が欠けている」

「そんなはずはない」

「でも、牛込《うしごめ》駅と、万世橋《まんせいばし》駅が抜けているじゃないか」

「……………」

「牛込駅は、飯田橋《いいだばし》駅の新設と同時に、昭和三年に統合廃止になった中央線の駅だよ。万世橋の方は山手線の神田《かんだ》駅と御茶ノ水《おちゃのみず》駅の間にあった。今でもホームは残っている。廃止になったのは牛込駅よりずっと新しい昭和十八年さ。ついでに言うと、東海道の宿場として有名だった江尻《えじり》駅もない」

「江尻？」

「そう。現在の清水《しみず》駅。清水駅は元、江尻駅という名だったよ。改名した駅などに構っていられるか、というならそれでいいんだけれど、いま見たアルバムの中には、ちゃんと浅川駅と高尾駅が並んでいる。それなら、当然江尻駅と清水駅も揃えるべきだと思う。同じ不満はまだあってね、東北《とうほく》本線の黒沢尻《くろさわじり》駅が欠けている。現在の北上《きたかみ》駅に改名したのが昭和二十九年だから、そう古いことじゃあない。と言っても、鉄道ブーム以前のことだから、仕方がないがね」

「……俺の蒐集は、ブームで始めたとでも言うのか」

「いや、そんな軽薄なものでないぐらいは判るがね、完全を謳《うた》うからには、そこまで神経が行き届いていないと困る」

角山はポケットからチュウインガムを取り出し、包みを取って口の中に放り込んだ。箱夫の腹が煮えたぎった。

「ざっと見渡してこれだから、細かく見ればいろいろな欠缺《けんけつ》があるだろうね。まあ、言えと言われたから言っただけで、気にしないでくれ給《たま》え」

「……こんなことを言うからには、君も相当な切符を持っているんだな」

「まあ、完全とは言えないがね。しかし、限りなく完全に近づいていることは確かだ」

「見せてもらいたいな。まさか嫌とは言わないだろう」

「勿論《もちろん》さ。近くに同好者がいなくてね。趣味のない人間に見せても始まらないから、いつも淋しく思っているんだ」

急行の停まらない私鉄の駅。

夜だったが角山の住まいはすぐに判った。商店街の裏手で、細長い四階建てのビルの二階だった。一階が自動車の駐車場。急な階段を登ると踊り場に赤い消火器が倒れて道を塞いでいた。

角山は二DKに一人住まいだった。部屋はよく整頓《せいとん》されていて、塵《ちり》一つ落ちていない。角山の意外な性格の一面が見えたが、部屋の清潔さはかえって箱夫の反感を大きくした。

角山は愛想よく箱夫を迎えた。自分は煙草を吸わないが、などと言いながら、箱夫のために棚の奥から灰皿を出したりした。

「駅から近いが、わりに静かなんだ。どうも、騒がしいところは嫌いでね」

と、角山は言った。

「このビルに住んでいる連中もいるかいないか判らないほどだよ。半分は事務所みたいな感じで、夜になると、ほとんど人の出入りがないんだ……」

角山が帰った後で、よく考えてみると、箱夫の蒐集は同好者の協力があってさえ、二十五年もの歳月が必要であった。角山がどんな切符を集めているにしろ、それを凌駕《りようが》するものを持っているとは考えられなかった。角山は箱夫の蒐集に難を言ったあまり、虚勢を張っていたとしか考えられなかったが、もし、角山が貧弱な蒐集を持ち出したら、大いに笑ってやる心構えでいた。

しかし、頑丈な書棚から、次々と取り出された切符の蒐集に、箱夫は呆然となった。角山は切符を箱夫に触れさせず、自分で説明しながらアルバムのページを繰っていった。

箱夫の蒐集は普通の片道乗車券だけだったが、角山のアルバムには、小児用乗車券も揃っていた。更に、往復乗車券、回数券、急行回数券、普通急行券、特別急行券もあった。寝台券、入場券、着席券があった。グリーン専用の特別車輛券、通勤通学の定期乗車券もあった。しかも、角山が指摘した軟券は一枚もなく、硬券ばかりがきちんと整理されていた。

箱夫が気づかぬうちに廃線となった、気仙沼《けせんぬま》線の乗車券も揃っていた。アルバムのページを繰っていくうち、箱夫の頭がかっかと熱し始め、目がよく見えなくなってしまった。

「このコレクションを本に、出版してくれる話があってね。そろそろ脱稿するところなんだ。まあ、テレビなんかはガキでも出るが、本は誰にでも書けるもんじゃないやね。来週、取材旅行に行くんだ。稚内と姉妹駅と言えば判るだろう。そう、最南端にある指宿枕崎《いぶすきまくらざき》線の山川《やまかわ》駅。その切符が手に入れば、俺のコレクションも普通乗車券に限ってはほぼ完成。本が出版されたら、君にも一冊寄贈させていただくがね……」

箱夫の父親の蒐集と、菊島の蒐集とを思い出した。差は歴然としていた。箱夫は打ちのめされた気分になった。

外で金属的な響きが起こった。角山は顔をしかめた。

「道路工事だよ。このところ、毎晩、いま時分になるとあれが始まる。我慢にも限度があるよ」

角山は立ってアルミサッシの窓を閉めたが、騒音はかなり強くガラスを通して聞こえてきた。

「うるさかったら、ヘッドホーンで音楽を聞くという人もいるが、俺は音楽の趣味がなくってね」

角山は言葉だけは忌々《いまいま》しそうだったが、表情はそれほどでもなかった。角山はチュウインガムを口に入れた。その口に勝者の笑いが見えた。

窓を閉めたので、部屋は蒸し暑くなった。箱夫は暑さより蒐集の重圧感で苦しさを感じていた。外では悲鳴に似た騒音がいちだんと激しくなる。箱夫はすべてに堪えられず、立ち上がった。

家に着くなり、あることを思いついた。結論はそれしかないようだった。箱夫は急いで小学校の同窓名簿を探し出し、角山と仲のよかった相手の電話番号を見つけてダイヤルを廻した。

予想は的中した。角山は学校を出てから、東京駅に勤務していたという。数年前、過激なストライキを扇動したことがあって、退職になったのである。

角山が切符の蒐集家になりえた謎は解けたが、新しい怒りが込み上げてきた。

角山は職権を利用しただけなのである。箱夫が東奔西走している間、角山は労することとなく、全国から集まる膨大な券のなかから、必要なものを選り分けていたのである。箱夫は乗ってきた乗車券を記念に欲しいと駅員に頼んで、断わられた経験もあるが、角山はその心配も全くなかった。東京駅からの依頼とあっては、どんな駅でも自分の切符を送らないわけにはゆかないだろう。

箱夫の蒐集の一つ一つには、それぞれの思い出が込められているが、そんなことはどうでもいいことだ。菊島の蒐集と同じで、蒐集は質と量の問題なのである。

角山は自分の勝ちを信じて、箱夫のところへわざわざけちをつけにやって来たのだ。そして、箱夫の苦心を踏みにじって帰って行った。無念と怒りは、幼少時の思いに増幅され、押え難い殺意となった。

犯行の場所は角山の家。時刻は午後八時と決めた。

角山の話ではその時刻になると、道路工事が始まるという。その騒音が、犯行に有利だと思ったのだ。

犯行に使う道具は三点に絞った。小さなペン型の望遠鏡、手袋、有名な洋菓子屋の丈夫な紙袋。それだけだった。

箱夫は目立たない服装に着替え、時刻を計って家を出た。

駅を降りて商店街を避け、すぐ裏通りに入って、角山の住むビルの前に出る。道路工事はまだ始まっていなかったが、道の傍にはトラックが停められ、工事人達が機械を下ろしたり、交通規制の標識を並べたりしている。

箱夫は遠くから望遠鏡を使って、二階の窓を観察した。窓が大きく開けられて電灯がつけられている。角山が部屋にいる証拠だった。角山のほかに人がいるかどうかは判らないが、前日の様子ではめったに来客はないようだった。

しばらくすると、工事が始まった。機械で切断されたアスファルトの割れ目に、連続的な破裂音を立ててドリルが食い込んでゆく。

箱夫はそれを待っていた。そっとビルの方へ歩き出そうとしたとき、二階のベランダに人影が現われた。箱夫は急いで望遠鏡に目を当てた。

角山だった。角山は工事現場の方を腹立たしげに見ている。ときどき口が動く。ガムを嚙んでいるのだ。

工事はどんどん進められている。角山は諦《あきら》めたように部屋の中に戻った。ガラス戸が閉められ、カーテンが引かれた。すべて、箱夫の予想どおりに動いているようだった。

箱夫はビルに入り、猫みたいに階段を登って、踊り場で消火器を手にした。消火器は誰かの手で、踊り場の隅に立てられていた。持つとずっしりして手頃な重さだった。箱夫は消火器をすっぽりと紙袋に押し込み、階段を登って、角山の部屋の前に出た。

チャイムを押すが、すぐにはドアが開かなかった。二度、三度。箱夫は焦って郵便受けのフラップをがちゃがちゃさせた。受け口から覗《のぞ》くと、角山の姿が見えるが、気づかない様子だ。長い時間に思えた。やっと、角山は玄関に気づいたようで、ドアに近寄る気配がした。

ノブが動き、ドアの隙間から、角山の顔が覗いた。

「なんだ、君か」

角山は口でうっすらと笑った。

「お客さんでも来ているのかね」

箱夫は角山がすぐ出て来なかったことが気になっていた。

角山はそれには答えず、ドアを大きく開けた。箱夫が持っている紙袋に目を止めて、気を宥《ゆる》したらしい。紙袋はちょうど手土産《てみやげ》といった恰好だった。

箱夫は素早く玄関の三和土《たたき》を見て、客らしい履き物のないのを見て取った。

角山は箱夫に背を向け、スリッパを脱ごうとしている。

犯行は少しも早い時機と、家を出るときから心に言い聞かせてあった。このときこそ、チャンスだと思った。

箱夫は紙袋の中から消火器を取り出した。紙袋がびっくりするような派手な音を立てた。

箱夫はどきっとした。振り向けば、厄介《やっかい》なことになりそうだった。だが、角山はそのまま部屋に一歩踏み入れた。

箱夫は消火器を振り上げ、角山の後頭部めがけて打ち下ろした。

鈍いが、確かな手応えがあった。

角山はその一撃で、物も言わず玄関に崩れ落ちた。

箱夫は再び消火器を振り上げたまま、角山の様子を窺《うかが》った。角山はぴくりともしなかった。角山がむくむく起きてくるような恐怖で、しばらく動けなかった。振り上げた両腕がぼきぼきいいそうだった。

角山が完全に動かないのを確かめると、部屋に上がり、手袋を着けた。

前日、アルバムには触れなかったが、煙草を吸った。台所に行ってみると、見覚えのある灰皿が、きちんと洗われて棚の上にあった。それでも念のため、灰皿をよく拭き取った。

次に、角山のポケットを探り、ズボンのポケットからキイホルダーを取り出す。キイホルダーは灰色の手帖と一緒に、右側のポケットに蔵《しま》われていた。

電気を消そうとしたとき、ふと、チュウインガムのことが心に引っ掛かった。少し前、ベランダに出た角山は、確かにガムを嚙んでいたからだ。角山が部屋の中以外ではガムを嚙まない習慣だとすると、これからの計画上、工合の悪いことになる。箱夫はぐったりとした角山を動かし、口腔《こうこう》を調べた。だが、ガムらしいものは見当たらなかった。

箱夫はもう一度部屋を見廻した。部屋はきちんと整理され、糸屑一本落ちていなかった。屑籠の中を見た。小さく丸められた紙屑が二つあるだけだ。紙屑はガムをくるんでいるには小さすぎるようだ。ガムは見つからなかったが、口の中になければいいわけだ。

そのとき、工事の騒音に気づいた。工事は犯行中も続いていたに違いないが、緊張のあまり、耳に入らなかったようだ。箱夫は騒音が聞こえるようになったのは、自分がやや落着きを取り戻したからだと思った。

箱夫は下駄箱を開け、見覚えのある角山の靴を取り出して角山の足にはかせた。ガスの元栓を止め、電灯を全部消すと、部屋での仕事は全部済んだ。仕事はあと数秒で終わるが、仕上げは最も注意しなければならなかった。

箱夫はドアに耳を近づけ、外を窺った。人の気配は全くなかった。

ドアを開けて、角山と消火器を外に引きずり出す。ドアに鍵を掛けて、キイを角山のポケットに戻す。そうしておいて、まず、角山の屍体《したい》を階段の上から踊り場に転がした。続いて、消火器を踊り場に運び、角山の頭の傍に倒して置いた。

それで、全部終わりだった。

箱夫は手袋を外してポケットに入れ、紙袋を小さく畳んで手に持って外へ出た。

外は機械の音が消えていた。工事が終わったわけではなく、ドリルの仕事だけが終わったようで、工事人達は崩されたアスファルトをシャベルで掘り返していた。全員が仕事に夢中だった。誰一人、箱夫を見る者はいない。

時計を見ると、八時十分だった。わずか、十分の仕事だったが、全身がくたくたになっていた。

角山の屍体が発見されたのは次の朝になってからである。そのことが、その日の夕刊に小さく報道されていた。

電話の相手は警察だと言った。

角山が死んで、一週間目だった。

箱夫は警察の電話とは思いも寄らないといった調子で、

「どんなご用件でしょう」

と、訊き返したが、内心は穏やかではなかった。相手は角山時彦のことで話があると言い、

「最近、角山さんとお会いになりましたね」

と、切り出した。

箱夫は急に不安を覚えた。箱夫はせわしく頭を働かした。だが、角山と自分とを結びつけるようなものなど、現場へ残して来はしなかった。では、警察はどうして自分のことを知ったのか。

「角山が、そう言いましたか」

箱夫はさり気なく訊いた。

「いや、角山さんが言ったのではありません。角山さんは先週、死亡しました」

「それは……少しも知りませんでした」

相手は事情を説明した。角山は自宅の階段を下りようとして転げ落ち、踊り場にあった消火器に強く頭を打ちつけて死亡したのだと言った。

「……角山が言ったのではないとすると、私と角山が最近会ったことが、よく判りましたね」

「実は、角山さんの死因に、ちょっと不審なところがありましてね。いろいろ調べたのです。すると、角山さんが持っていた手帖の間から、実に珍しい鉄道の切符が出てきたのですよ。角山さん自身、沢山の切符を集めていたようですが、それを見ると、きちんと整理されていまして、欠けたところが一カ所もない。それで、手帖の間にあった切符は、最近、角山さんがどこからか新しく手に入れた品ではないかと考えたのです」

「それで?」

「同じように切符を蒐集している人達の間を尋ね廻ったのです。驚きましたねえ。世の中にはさまざまな鉄道ファンがいらっしゃる。でも、角山さんが持っていた切符を知っている人はなかなか見当たりませんでしたが、今日、やっと、あなたが所属していらっしゃるクラブに連絡し、その切符はあなたに見せてもらったことがあるという話を聞くことができたのです」

「それは、どんな切符でしょう」

「昭和十五年六月一日の日付印が押してある金津より三国港行きの往復切符で、誤入鋏という印が押してあります」

「……ちょっと待って下さい。確かに、そうした切符を持っていたように思います。しかし……実際に見ないと何とも言えませんが」

「勿論、そうでしょう。これから、その切符を持参しますが、ご都合はいかがでしょう」

箱夫が明日にしてくれと言うと、相手は電話を切った。その日、用事があるわけではなかったが、考える時間が欲しかった。

箱夫は急いで自分のアルバムを取り出した。金津駅発行の券は、往復乗車券だったが、父親の思い出のために、手元に残しておいたのだ。クラブの人達にも見せたことがある。それが、アルバムから消えていた。

そのとき、すべてが判った。角山は箱夫の家に来たとき、その一枚を盗み出したのだ。東京駅にいるだけで切符を集めていた角山には、誤入鋏入りの一枚が、またとない珍品に思ったのだろうが、それにしても、薄汚いやり方だった。

——だが、警察にはどう対応すべきだろうか。

角山の死が他殺であり、その犯人が自分だと疑えば、警察は電話など掛けず、予告なく逮捕状を持って来るに違いない。警察は角山の死に疑問があると言ったが、どこまで疑っているのかは判らない。相手の手札は見えないが、下手《へた》に嘘を吐《つ》くことは、最も危険に思われた。犯行当日のことを訊かれたら、何と答えるか。別なところにいた、などと答えれば、すぐに裏づけ捜査が行なわれるに違いない。それが成り立たないとすれば、正直に答えるしかない。近くに来たのでちょっと顔を見に寄り、十分ばかりして、すぐに帰って来た、と言えばよい。自分が角山を殺したという証拠は何も残していないはずだ。

箱夫の家に来た二人の刑事には、厳しい感じはまるでなかった。応答も世間話をするような気安さがあって、箱夫は気が楽になったが、一瞬も油断はできなかった。

「角山時彦とは小学校で一緒でした」

と、箱夫は言った。

「私がニュースショウの番組に出たことがありましてね。そのテレビを見ていた角山が、電話で会いたいと言ってきたのです。それまで、角山も同じ切符の蒐集をしているとは少しも知りませんでした」

「なるほど。では、問題の切符を確かめていただきましょう」

刑事は小さなポリ袋に入れた往復乗車券を大切そうに取り出した。

一目で、それが箱夫の持っていた券だということが判った。刑事は言った。

「そうでしたか。いや、今度の事件ではいろいろなことを覚えましたよ。最初、金津駅というのがどこにあるのか、さっぱり判りませんでした。そうしたら、現在の北陸《ほくりく》本線芦原温泉《あわらおんせん》駅なんですねえ。三国港というのはその金津から出ていた三国線の終点駅で、四十七年に廃線になっている。ところが、三国線は十九年にも廃線になっているからややこしい。つまり、そうした点からいっても、この切符は珍品なんですね。それで、あなたはこの珍しい切符を、同好の角山さんに譲られたのですね」

「いや、角山に手渡した覚えは全くないのです」

「……というと?」

「盗まれたのですよ。あなたから電話があるまで、全然気がつきませんでした。角山は私のコレクションを見ているとき、こっそりと無断で持ち出したのです」

「……しかし、角山さんは腐るほど切符を持っていましたが」

「蒐集というものは、完全に近づけば近づくほど、自分の持っていない品を、何としてでも欲しくなるものなのです」

「そういうものですかねえ。いや、その気持ちは判らなくはありませんが、しかし、分別盛りの男が、他人の品に手を出すとはちょっと驚きましたね」

「勿論、蒐集家が全部そうだというのではありませんよ。角山は特に、小さい頃から、手癖がよくありませんでした」

「そうでしょう。それなら判ります。それでは、角山さんが死んだ日、あなたはどこにいらっしゃいましたか。一週間前の、夕方から夜にかけてです」

「……それが、偶然ですが、私はその日の八時頃、角山と会っていました」

「角山さんの、自宅でですか」

「そうです」

刑事は興味深そうな表情になった。

「八時というと、角山さんの住んでいるビルの前で、道路工事をしていましたが、覚えていますか」

「覚えていますよ。大変な喧《やかま》しさでした」

「角山さんの家にいらっしゃったのは、道路工事の始まる前でしたか、始まってからでしたか」

「始まってからでした」

刑事は煙草に火をつけた。そして、ゆっくりと二、三服煙を吸ってから、静かに話し始めた。

「そうですか。それで、道路で働いていた工事人の話ともよく辻褄《つじつま》が合いますよ。私達は角山さんの死亡時刻が気になっていたものですからね。角山さんの屍体が発見されたのは、翌朝になってからでした。現代の医学でも十二時間以上経った人の死亡時刻は、正確には判りません。で、これがもし、夕方から十時頃まででしたら、まあ、事故の可能性が強い。もし、真夜中でしたら、何者かに襲われたと疑ってかからなければならない。真夜中に外出するのは不自然ですからね。それで、角山さんの正確な死亡時刻が知りたかったのですが、道路工事の始まった八時頃、道路工事の何人かが、角山さんを目撃して、まだ生きていたことを証言しているのです」

「道路工事人が？」

「そうです。道路工事が始まったのは、その二日ばかり前の日でしたが、最初の日、角山さんは自分の家のベランダから、うるさいと工事人を怒鳴りつけたことがあったそうです。それで、その日も、工事が始まるとすぐ、角山さんがベランダに出て来たので、また、怒鳴るかもしれないと思ったそうで、その日のことを覚えていたのです」

「その日角山は怒鳴ったのですか」

「いや、角山さんは何も言わず、すぐ部屋に戻って窓とカーテンを閉めたと言います」

箱夫はまたガムのことが頭に引っ掛かり始めた。角山が何も言わなかったのなら、口を動かしていたのはやはりガムを嚙んでいたのだ。

「つまり、あなたが角山さんを訪問したのは、その直後ですね」

「そうでしょう」

「角山さんのところには、どのくらいいらっしゃいましたか」

「長くはありませんでしたよ。正確な時間は計ったわけではありませんが、多分、十分か十五分ぐらい話して帰りました」

「どんなことを話しましたか」

「……よく覚えていません。まあ、趣味が同じですから、やはりそのことが話題の中心でした」

「なるほど、あなたは角山さんと話をされたわけなのですね」

「そうです」

妙なところで念を押すと思ったが、箱夫は心のなかでいまの会話を繰り返し、不利益になるような応答をしていないことを確信した。

「外に出たとき、工事の音はどうだったでしょう」

「……工事は続いていましたが、機械の音は止んでいたと思います」

「それも、工事人の言葉とよく合います。何でも、あの工事は地下の水道管を取り替える作業だったそうですが、アスファルトの地面を掘るには、まず機械でその部分を切断しなければなりません。これが、かなり喧しい音を立てます。次に、切断した部分をドリルで細かく砕きますが、これもまた相当な騒音を立てますね。ところが、角山さんが死んだ日は、その喧しい仕事は十分足らずで済んでしまい、後は工事人が砕いたアスファルトと、その下の土を掘り起こす仕事に掛かっていたそうです。その仕事には機械を使いませんでしたので、そううるさくはなかったのです」

箱夫は嫌な気分がした。刑事がなぜ長々と工事の話をしているのか、その意味がさっぱり判らなかった。

「あなたの話と工事人の話はぴったり一致します。これで、角山さんの死亡時刻もはっきりしました」

刑事は嬉しそうに言った。

「電話でも話しましたが、角山さんの死因に、ちょっと不審なところがあったのです。というのは、角山さんの屍体をよく見ますと、両方の耳に、ガムが詰まっていたのですよ」

「……ガム？」

箱夫は悪寒に襲われた。

「そう、嚙《か》んだ後のチュウインガムです。私も、いままでこんな屍体に立ち会ったのは初めてです。不思議じゃありませんか」

「……」

「鑑識が調べますと、ガムに残っていた指紋は角山さん自身のものだそうで、そうするとますます変でしょう。外出をする角山さんは、なぜ耳の中にガムを詰め込まなければならなかったか。一方、角山さんの部屋を調べてみますと、屑籠の中に小さく丸められた紙屑が二つ転がっていまして、鑑識はこの塵紙から、ほんのわずかですが、角山さんの耳垢《みみあか》を見つけました。もうお判りでしょう。角山さんはあまりの外のうるささに堪え兼ねて、最初、塵紙を小さく丸めて耳に詰め込んだのです。ところが、紙では防音効果が弱すぎます。そこで、多分、そのとき嚙んでいたガムを耳の中に詰めたんでしょうね」

「……」

「実は、私も実験してみましたよ。なるほど防音効果は抜群でした。そこで、角山さんがいつ耳にガムを詰めたか、と考えますと、勿論、工事が始まる八時から、ドリル工事の終わる八時十分までの間でしょうね。ところが、その頃、ちょうどあなたは角山さんを訪問していらっしゃる。いくら親しくとも、お客さんの前でそんなことをするわけがありませんから、角山さんが耳にガムを詰めたのは、工事が始まった直後、ということになるでしょう」

「………」

「ガムを耳に詰めますと、防音効果は確かにいいんですが、その代わり、ほかの音も聞こえなくなるんですよ。ですから、あなたが角山さんのチャイムを鳴らしても、なかなか出なかったでしょう。仕方なく、郵便受けのフラップをがちゃがちゃさせたりしたんですね。やっと気づいた角山さんがドアを開けましたが、勿論、人の声もよく聞こえません。あなたが角山さんと切符について話し合ったというのは嘘ですね？」

「………」

「嘘でしょう。角山さんはあなたの声が聞こえなかったし、あなたも角山さんと話し合う閑がなかった。つまり、こうなります。あなたは自分のコレクションを角山さんに見せた後で、金津から三国港ゆきの往復切符がなくなったことに気づいたのです。角山さんのところへ行ったのは、勿論、角山さんを追及するためです。角山さんはあなたの来意にすぐ気づきますが、生憎《あいにく》、工事が始まっていて、込み入った話は家の中ではしにくいと思い、外に誘ったのです。あなたの血相が変わっているので、ガムの耳栓を取る閑もなかった。あなたはその場を取り繕おうとするような角山さんの態度を見て、むらむらと怒りを発し、階段を下りようとする角山さんの背をどんと押したのでしょう。まさか、そのため角山さんが消火器で頭を強く打ち、死ぬなどとは思わなかった……」

刑事の話に少し違うところがあったが、箱夫は訂正する気持ちは起こらなかった。

広重好み

その子は杉山広重《すぎやまひろえ》という名だった。

わたしが、両親や兄以外に愛情を感じた最初の男の子。だから、その名を思い出すと、今でも甘い懐かしさに包まれる。

広重くんの思い出は、しかし、数多くはない。あらかたは歳月に風化され、時の流れに押しやられてしまい、いくつかのシーンが、暗礁《あんしょう》のように残るばかりだ。

その一つは、春の遠足。

ただし、日も場所も覚えてはいない。

いつも廻りにいる友達がいない。わたしは草原に坐《すわ》り、独りでお弁当を食べている。今考えると、元気な彼女達はさっさと食事を済ませて、水でも飲みに行ってしまったのだろう。

広重くんは、そのわずかな隙を待っていたらしい。まるで、子リスみたいに遠くから駈けて来てわたしの前にうずくまり、目をくるくるさせた。

「――いいもの見付けた。珠美《たまみ》にあげる」

わたしは最後の一口のお握りを口の中に放り込み、広重くんを見た。

広重くんは四月に入って来たばかりの転校生だった。わたしはやっと名を覚えたばかりで、これまで話し掛けられたことは一度もなかった。

「誰にも言うんじゃないぞ。ついて来な」

広重くんは腕白《わんぱく》な口調でそう言い、わたしをうながして木立ちの中に入って行った。わたしは空になったお弁当箱をリュックサックの中に放り込んで、急いで広重くんの後を追った。

木立ちの中の空気はひんやりとして湿っていた。先生や生徒達の姿が見えなくなると、広重くんは立ち止まり、あたりの様子をうかがうようにしてから、わたしの目の前に右拳《こぶし》を突き出した。

「……よく見るんだぞ」

手を開くと、泥だらけの掌の中で、大きな黒いものがうごめいていた。黒光りする太い角を突き立てているカブト虫だった。

わたしはしばらくは黙ったままだった。

「これ、やるからな」

広重くんは思い切ったように手を伸ばし、カブト虫をわたしのポケットの中に押し込むと、元の広場に駈け出して行ってしまった。ありがとうを言う閑《ひま》もなかった。

いつもすばしこい子だったから、カブト虫など見付けるのはお手のものだったろう。わたしの兄が昆虫マニアだった。広重くんはそれをどこかで聞いて知っていて、とっさにわたしのことを思い出したに違いない。そんな思いやりが嬉しかった。わたしはそのカブト虫を、大切にお弁当箱の中に入れて持ち帰った。

花をもらったこともある。

それも、いたずらっ子らしい率直さで、校庭の花壇に咲いている花を引き抜いて来て、わたしに手渡したものだった。

だが、おおかたの評判はよくなかった。

「手の付けられない暴れん坊」というのが広重くんに対する一致した評価だった。それは多分、転校生が持っている、孤独感や不案内が原因の、自己顕示行動だったと思うが、それにしても少し度が過ぎていたようだ。

広重くんの手で泣かされない女の子はまずいなかった。男の子達はすぐ団結し、数の力で広重くんに立ち向かうようになった。広重くんにとって、クラス全員が敵だったに違いない。だが、わたしだけは別だった。カブト虫をもらったときから、広重くんの味方だった。もっとも、それは心の中だけで、気の弱いわたしは口に出して言うことができない。いつもの蔭から広重くんの行動をはらはらしながら見守っているだけだった。

次のシーンは夜だ。

例によって、それが起こった日や時刻も判らない。前夜の記憶は途切れたままだ。

わたしは真っ赤に焼ける夜空を見上げている。

巨大な炎が、嫌らしい不規則さで、おびただしい火の粉を吹き上げながら呼吸する。火は苦もなくわたし達が住んでいる世界を焼き尽くしてしまいそうな勢いだった。

わたしは大人達の間から、身体を固くして、恐ろしさで声を出すこともできず、ただ家々を呑もうとしている火を見詰めるばかりだった。

火元は広重くんが住んでいる二階建ての木造アパートだった。いつも見慣れたたたずまいが、まるで舞台の照明を当てられたように輝きながら、みるみる形を変えていく。

わたしは火に照らされている広重くんを見付けた。

時の経過が記憶にないので、それが、どんな順序で起こったか説明できないのだが、わたしは火の近くにいる広重くんの姿を見た。

――広重くんは火の中から逃げることができたのだ。

それは、大変、感動的な出来事に思えた。遠くから見ているだけなのに、自分の足が竦《すく》んでしまっている。だが、同い年の広重くんは、自力で生命を守ったのだ。その証拠に、広重くんははだしだった。

わたしは思わず広重くんの傍に駈け寄ろうとした。だが、誰かにすぐ押し止《とど》められてしまった。強く手首をつかまれ、遠くから広重くんを見ることしかできなくなった。

広重くんは何人かの大人に喋《しゃべ》っている。

一生懸命に、喋っている。

遊園地の連想……空高くまい上がり、速い動きで回転する乗り物。

――あれに乗りたい。

と、わたしは言う。

――あれは、まだ無理ね。あなたはまだ小さいんですから。

そう言われ、しぶしぶメリーゴーラウンドで我慢している自分……。

小学生の低学年では、大人との間、越えられない柵がいくつも仕掛けられている。

火事場の近くに行ってはいけないのもその一つ。

しかし、広重くんは今、その柵の向こう側にいる。広重くんは大人の世界にいて、大人に事情を説明している。大人達も彼を一つの人格として認め、その話を熱心に聞き入っている。

わたしはまだ柵の向こう側に入ることが宥《ゆる》されない。ただの子供。ただの見物人。

――子供は危険だ。うろうろしては邪魔だ。

その夜、広重くんがとても偉く思えた。

立派な大人で、頼りがいがあり、勇敢で機敏。しかも、いつも遠くからわたしを見ていてくれて、何かがあると飛んで来て優しくしてくれる。

けれども、憧れは憧れのままだった。

広重くんの家が焼けた。その原因は何だったか。広重くんが焼け出され、どういう生活になったのか。将来は……というようなことを考える力はまだ具《そな》わっていなかった。毎日、広重くんが傍に来て口をきいてくれればいいな、とだけ思い続けていた。

その年、広重くんは転校してしまった。

別れも、何もなかった。

わたしはけだるいような心の中で、ただ、困った、困ったと思いながら、最後まで何も言うことができなかった。

そのときの感情は、確かに恋と言っていいだろう。

おそるおそる、初めてお酒を口にしたときの、小さな酔いの経験に似ていた。


「はい、チーズ」

カメラを構えている、大柄な靖子《やすこ》があまり優雅でない声を出した。

多希《たき》はそのレンズを見て、あわてて靖子に言った。

「一体、どこを見てんのよ」

靖子はファインダーから目を離した。丸い鼻の頭が赤くなっている。カメラに押し付けられていたのだろう。靖子は不服そうに口を尖らせる。

「どこって、あんた達を写そうとしているんじゃない」

「だったら違うんだなあ。レンズが明後日《あさって》の方を向いていたよ」

「変だなあ。そんなはずはないんだがなあ」

「ないって言ったってそうなんだよ。ねえ、珠美。レンズがそっぽを向いていたね」

多希は横に立っている珠美に同意を求めたが、珠美は笑って首を傾《かし》げるだけだ。

「わたし、判んなかった」

「そう……珠美は近眼だから、よく見えなかったんだ。靖子、もう一度、ちゃんとカメラを向けてご覧」

靖子は再びカメラを持ち直す。多希はポーズが作れない。

「ほら、それそれ、それがもう変だよ」

「……だって、多希と珠美の顔が、ようく見えるよ」

「見えるって……じゃあ、どの辺が見えるのよ」

「……首から、上だな」

「嫌《や》だあ、そんなの。首だけ並んでいるなんて、まるで獄門みたいだ」

「じゃあ、胴体も入れたいの？」

「入れたいよお」

「だって、入れるとね、後ろのいい松が写らなくなっちゃうんだ」

「じゃあ、身体を低くしてご覧よ」

靖子はショルダーバッグを丸い肩から下ろし、地面に置いて、慎重に足の位置を決めてから中腰になった。

「……やあ、今度はうまく収まりそうだわ」

靖子の身体が更に丸く縮む。多希は笑いを堪《こら》えて厳しい表情をする。

「でしょう。靖子、構図に気を付けるのよ。手ぶれにならないように。シャッターの位置、判ってるわね。ちゃんと――」

靖子が急に元の姿勢に戻った。

「……もう、撮っちゃった」

「うん、撮っちゃった。撮っちゃったの？」

「こいつ……」

多希が意地の悪い顔をしたとき、シャッターを押しちゃった
同行三人。思い思いのTシャツにカーディガンを羽織り、ジーンズに軽やかなスニーカー。三人共、同じ年に丸《まる》の内《うち》の商社に入社した。小柄で身動きが楽なので、つい気持ちまで軽薄がちになる多希、大柄で物怖じはしないが、やや気長なところのある靖子、細くて内気な珠美。三人共、見てくれも肌合いもさまざまだが、どういうわけか気が合ってすぐ仲良しになった。何をするにも一緒で、結婚だけはせっかちな多希が最初だったが、誘われれば断ることができず、連休には夫を置き去りにして東海道《とうかいどう》の旅に加わったのだ。

旅行は海外がいい、旧東海道のほっつき歩きなんて嫌だと、最後まで駄々をこねたのは靖子だったが、御油《ごゆ》の松並木がすっかり気に入ったようで、二人を撮り終わっても多希のカメ

ラを手放さない。

「一人ずつ、ポートレートを撮ろうよ」

と、多希が提案した。

言い出し順で、まず、多希がカメラに収まる。

次が珠美。

「珠美が眼鏡《めがね》を取ると、大きくてうるんだ目をしているね」

と、靖子が批評する。

多希もとっくに珠美の変化に気付いている。渋皮が剝《む》けるというのか、このところ清純さに女らしい艶が加わっているようだ。

「珠美、良い人《ひと》ができたんじゃない？」

と、多希が言った。

「――嫌あね。皆して、何さ」

「いつも眼鏡を外していたらどう？」

「眼鏡がないと、仕事にならないよ」

「社長秘書なんて、ただにこにこしていりゃいいんじゃない？」

カメラを向けられているので怒ることができない。珠美の怨めしそうな表情が、また良い。

最後は靖子の番。

靖子は豊満な美人だ。

「欲を言えば脚が短いな」

と、多希が言う。

「ポートレートは脚なんか必要ないもん」

「鼻の形で脚の形が判るんだってば」

「じゃ、脚の方が間違えてるんだ」

靖子は何を言われても動じない。自分の脚の実力を知っているからだろう。スポーツの得意な靖子は、会社の運動会ではいつも女王様みたいになる。

松並木を爽やかな秋風が通り抜ける。

写真を撮り終え、多希がレンズにキャップをはめると、珠美は眼鏡を掛け、満足そうに風景を見渡している。

旧東海道を歩こうと言い出したのは珠美だった。「東海道五拾三次」を描いた、安藤広重《あんどうひろしげ》の足跡を辿ろうというのだ。いつもは多希や靖子のプランに大人しく従う珠美だったが、この旅行だけはなぜか積極的に世話役を引き受け、細かな旅程も珠美一人で組み立てた。

旧東海道を歩くといっても全街道は歩き通すことができないので、まず、日本橋《にほんばし》の上に集合して、東海道線で小田原《おだわら》まで。小田原の海を見物してから箱根《はこね》旧街道に出、畑宿見附跡《はたじゅくみつけ》から箱根関所を通り、三島《みしま》に出てそこで一泊。次の日は東海道線の三島駅から島田《しまだ》で降り、大《おお》井川《いがわ》を渡って金谷《かなや》へ出、金谷坂の石畳を歩いて諏訪《すわ》原城址《はらじようし》、小夜《さよ》の中山夜《なかやまよ》泣石《なきいし》、日坂《につさか》本陣などを見物しながら、掛川《かけがわ》に辿り着き、そこで一泊という工合。

その日は旅行三日目で、豊橋《とよはし》駅から船町《ふなまち》の船着場跡へ、旧街道の町並みの中を抜けて、旧八枚橋から御油に出、赤坂《あかさか》の宿に行く途中だった。

多希は三日目にもなると東海道の旅がすっかり肌に馴染《なじ》んで、昔の面影を残している町並みや街道に出会うたび、胸のときめきを感じるようになっていた。

中でも御油の町に出たときのことが忘れられない。昔のままの家並み、紋を入れた腰高障子、連子《れんじ》格子、深い軒に犬矢来《いぬやらい》が残っている家……。

「まあ、北斎《ほくさい》の絵、そのままね」

と、多希が感嘆する。

「北斎?」

珠美が訊き返した。

「ええ。こういう街道に、馬や駕籠《かご》が通っている絵を見たことがあるもの」

「だったら、東海道五拾三次でしょう。その浮世絵を描いたのは、北斎じゃなくって、広重なんだがなあ」

「広重……だったかしらね」

珠美は困ったような顔をした。

「最初に言わなかったかしら。わたしは広重の歩いた道に行きたかったんだ、って」

「それは聞いたけれど――」

「じゃ、間違えてもらっては困りますね。五十三枚の東海道を描いたのは広重です」

「ちっとも知らなかったなあ。珠美は前から広重が好きだったの?」

と、靖子が訊いた。

「うん。広重さま、というくらい好き」

「変な人ね。声を変えたりして」

「仕方がないでしょ。憧れの男性なんだから」

「でも、広重というと何だか年寄りみたいな感じがしない?」

と、多希が言った。

「年齢のことはどうでもいいの。七十でも八十でも。広重さまはわたしの神様」

「珠美は年寄り好みなのかな」

「そんなことないよ」

「……そう言えば、珠美は渋いげるさんのファンでもあったなあ」

げるさんと聞いて、靖子が話に割り込んで来た。

「本当、わたしもそうなの。ねえ、げるさんの新曲、凄く泣けるよ」

「ああ、電話が掛かって来るのね」

と、珠美が相槌《あいづち》を打つ。

「違う違う。いつまでそんな古いこと言ってんの。全く変なファンね。知らないの。ほら、電話が掛かって来るんじゃなくって、今度は本人がやって来るんだよ……」

そのときはまだ、以前、珠美が会社の月報で「初恋の人」という課題エッセイを書いたことがあって、その文章に出て来る初恋の人が「広重《ひろえ》」だったことに気が付かなかった。

「粉屋《こなや》」は赤坂の旧東海道に面する昔ながらの旅籠《はたご》屋だった。

入口の障子戸に髭《ひげ》文字で屋号を墨書《ぼくしょ》してある。他に看板などなく、障子紙も茶色に変色しているから、案内役の珠美がいなかったら通り過ぎていたかもしれない。

奥に声を掛けると、柿色の暖簾《のれん》を分けて、女主人が現われる。紺の着物に赤い前掛け、四十前後の見るからに温かみのある女性だ。

「おいでやす。お待ちしとりました」

広い上がり框《がまち》は部厚な板が張られ、よく磨《みが》かれて黒光りしている。太い柱には八角の柱時計。隅にはさりげなく菊が活けられている。

案内されて、幅の広い階段を上ると、ぎしぎしと木が深みのある音を立てる。廊下を渡って部屋へ。

青畳、丸い床柱。床板に青磁の花器と赤い座蒲団《ざぶとん》を敷いた置物の布袋《ほてい》が並んでいる。掛軸の字は、千里荒村高――多希にはそれしか読めない。

女主人と入れ違いに、骨太の仲居が茶を運んで来る。香りの良い茶を、ほどよい濃さにいれてくれて、

「ちょうどお風呂が沸いとります。お召しになりますか」

と訊く。

「勿論《もちろん》、お召しになりますわ」

と、靖子は一も二もなく答えた。

一階にある浴場は思ったより広く清潔な感じだった。檜《ひのき》の湯船は三人が楽々と入ることができる。

「……しかし、変なのよ、ね」

と、多希が言った。

「何が変なの。また、いつもの好奇心が始まったらしいわね」

と、靖子が言った。

「好奇心じゃないんだけれど、よく考えると変なのよ。さっきから、とても居心地がよくって、身体の隅々までがくつろいだ感じなの。でも、わたしはいつもこうした場所に住んでいるわけじゃない。家は鉄筋のアパートで和室は両親が使っているでしょう。会社へ行けばコンクリートの四角なビル。食事をしたり映画を観たりするにも、洋風の建物で過ごすことの方が、絶対に多いんだよね。でも、こうした日本風の旅籠にいると、いいんだなあ。落ち着

くんだ。なぜだろうかな」

「それは……伝統だと思うね」

と、珠美が言った。

「この粉屋は二百年以上も旅籠をやっているんでしょう。だから、もう、家自体がそうなっているんだわ。旅人を安心させ、居心地よくさせることに徹しているんだから、泊まる人もそうなるはずよ。これは、本物のプロの芸だと思うな」

「わたしは、血だと思うわ」

と、靖子が言った。

「血は恐ろしいよ。いくら新しがっても、血はごまかせないからね。わたし達がいくら頑張って洋服を着たって、ずん胴だし、脚は短いし――」

「それはまさか、自分のことだけなんでしょうね」

多希が念を押すと、靖子は多希の身体を見渡して、

「わたしのことはまいいや、多希は一時より肥《ふと》ったね」

「結婚すると、やれやれと思うらしいね。だから、身体に張りが抜けたみたい」

「つまり、血が本性を現わし始めたわけですな」

「珠美は違うな。口惜《くや》しいが、細い」

靖子はちょっと考えていたが、

「ちょっと待っててね」

手早く身体の石鹸《せっけん》を洗い流すと浴場を飛び出して行った。すぐ戻って来た靖子は手にカメラを持っている。

「珠美、こっちを向いて」

「え?」

「あまり珠美の身体が綺麗だから、撮ってやる」

「止《や》めて!」

珠美は悲鳴をあげて湯船の中に潜ってしまった。

部屋に戻ると、食事まで少し時間があった。テレビの設備はないが、退屈はしない。女三人、喋ることはいくらでもある。

「——結局、男というものは、デリカシーのない、大きな駄々っ子だと思えば間違いがありません」

結婚二年目の多希が経験を教えてやる。

「最初から、自意識が強い、横柄《おうへい》な動物として付き合っていれば、まず、失敗することはないでしょうね。ですから、相手の気分をそこねないように機嫌を取っていりゃいいんだから、奥様稼業なんて楽なものですよ。そうすると、男はばかだから向こう見ずに働きます。働いたお金は有難《ありがた》がって頂戴《ちょうだい》するわけ。そして、綺麗にお化粧して、あなた行ってらっしゃいと言うと、相手は馬車馬ですからね、喜んで会社へ行くわけ」

「だって、多希だってまだうちの会社で働いているんでしょう」

と、靖子が訊いた。

「そう」

「だったら、不公平じゃない？」

「ないわね。どうせ子供ができれば会社を辞めなければならなくなるもん」

「なるほど、先々のことまで読んでいるんだな。で、岡倉《おかくら》さんはその手に乗せられて、この頃いやに張り切っているわけね」

「でしょう」

「でも、多希にしてはそういうの、凄く古風に思うな」

「つまり、ここの粉屋の行き方ね」

「ここの？」

「さっき珠美が言った、伝統という言葉がぴったり当て嵌《はま》るでしょう。女は昔から利口だったから、そうするのが一番良い方法だということが判ってしまったので、後輩のわたし達にそう教えてくれているのよ」

「じゃあ、亭主関白にさせておくわけ？」

「表向きはね」

「多希はそんなことを言うけど口ほどじゃないのよ」

と、珠美が口を挟んだ。

「そうなの？」

「この間、岡倉さんから聞いちゃった。最初、愛を告白したのは多希の方だったんですってね」

「……そう。岡倉は鈍感でぐずだったから」

「多希のそこが昔風と、少し違うんだなあ」

「珠美も矢張り昔風が好き？」

と、靖子が訊いた。

「そうね。本式な古風がいいなあ」

「じゃ、古風な小唄なんかをBGMにしましょうか」

靖子は小型ラジオを取り出してダイヤルを廻す。

ふと、ニュースを読むアナウンサーの声が入ってきた。

「——神宮山《じんぐうやま》病院に入院中の大広重《おおひろしげる》氏は病状が悪化し、午後一時二十分に亡くなりました。病名は出血性脳硬膜炎《のうこうまくえん》で、大広重氏の突然の死を知った——」

「大広重って、誰？」

と、靖子がダイヤルを廻そうとした。

「しっ……」

多希が制止した。

「……大広重氏は名古屋《なごや》生まれ、四歳でピアノ、小学三年生のとき作詩作曲を始め、高校在学中に〈逃《のが》れの恋〉で第二十回日本ポピュラーソングコンテストでグランプリを受け――」

「げるさんだ」

と、靖子が叫んだ。

「……信じられないわ。珠美のげるさまが死ぬなんて」

多希は急に口をつぐんだ。

多希の頭の中に、杉山広重《ひろえ》、安藤広重《ひろしげ》、大広重《しげる》という名が重なったからだった。そして、会社の人事課に、ごく目立たないが、内田《うちだ》広重《みつしげ》という若い社員がいることも思い出した。

「それで、人事課の内田広重と珠美さんが、急に親しくなり始めたと言うんだね？」

利夫《としお》は珠美のエッセイを読み終わると、多希に訊いた。いつもなら、社内の噂話など聞き流すのだが、利夫は珍しく多希の話に熱心だった。

「そうなの。今日だって二人で映画を観に行く約束をしていたらしいわ」

「あの、お坊ちゃんみたいな内田君とねえ……」

「気になる？」

「そりゃあね。わが社で一番の美人の社長秘書だもの」

「わが社で一番の美人はわたしだったはずじゃない」

「失礼……独身の、と付け加えるのを忘れたんだよ。そう言う多希だって気になっているんだろう」

「そりゃあね、内田さんは優しいから。妬《や》いているわけじゃないけれど、変だとは思わない？　珠美が憧れる男性は、杉山広重、安藤広重、大広重、内田広重――名前に、皆、広重という字が入っている人達でしょう」

「……そう言われれば不思議だ。しかし、偶然の重なりだとは考えられないかな」

「考えられないわよ。これが、二人や三人ならともかく、四人もの相手がそうなんですもの」

「珠美さんという人は、人物そのものより、名前に恋をする傾向があるんだろうか」

「――名前に恋する女？」

「例えば、佐野次郎左衛門《さのじろうざえもん》だって、佐野半七《はんしち》ぐらいの名前だったら、相手の八橋《やつはし》にああも冷たくされなかったかもしれない」

「でも、一生を左右されるような相手に対して、名前にこだわる気持ちが判らない」

「姓名判断をしているのかもしれないよ」

「珠美が？　珠美は古風なことが好きだけれど、迷信深くはないはずなんだがな」

「すると……珠美さんは小さいとき亡くした父親の幻影をずっと追い続けている、というのはどうだろう。その瞼《まぶた》の裏にある父親の名前が広重なんだ」

「それも駄目。珠美のお父さんはまだぴんぴんしているし、名前も広重などではないわ」

「じゃあ……問題は、矢っ張りこのエッセイにある、初恋の人かな。初恋の人の名が幼い心に焼き付いて、それがずっと珠美さんを呪縛し続けてきたんだ」

「初恋の人の名――ねえ」

「納得しないみたいだな」

「……その気持ち、判らないでもないんだけれど、名前というだけの種で、本当の恋が芽生えるものなのかしら」

「恋の芽生えなんて、計算じゃ割り出せないよ。女の足首を一目見ただけで恋をしてしまった男もいる」

「それは小説でしょう」

「小説でなくても、感性の強い人ならそういうことだってあるだろう。珠美さんはロマンチストだから」

「その気持ちが判らないわたしは、打算的な現実家、みたいな言い方ね」

「現実家が悪い、という意味じゃないんだからね」

「でも、どう考えても、珠美の恋が、何か普通の種類のような気がしないんだがなあ」

「なるほど。じゃ、本人に直接気持ちを訊いてみたらどうだい」

んだよな」

「面と向かって、珠美の恋は違っている、とでも言うの？　ちょっと、立ち入りすぎている

「……じゃ、僕が探偵してみようか」

「利夫が探偵だって？」

「そう。珠美さんの初恋の人、杉山広重くんを探して話を訊くんだ。珠美さんがその名を忘れられなくなるようなこと。珠美さん自身も気付かなかった何かがあるような気がするんだよ」

「でも……杉山広重くんはすぐ判るかしら？」

「判ると思う。最初に、その時代の小学校の名簿を見せてもらうことにする」

「本式の探偵ね。でも……」

それが珠美でなかったら、利夫はそんな気持ちを起こさなかったに違いない。多希はそう思ったが、口には出さなかった。


利夫が杉山広重の居所を突き止めたのは、それから約一週間ばかり経ってからだった。

「現在、川口《かわぐち》の団地に住んでいる」

と、利夫は報告した。

「家庭は妻に男の子が一人。勤め先は同じ市内の鋳物《いもの》工場だそうだが、あまり恵まれた暮ら

しではなさそうだ。最初、あまり会いたがらない様子だったけれど、珠美さんの名を出したら、気持ちが変わったようだ。今度の土曜日、鋳物工場の近くの飲み屋でと約束してきた」

「わたしも行くわ」

多希は杉山広重への好奇心を押えることができなかった。

会社帰りの工員達が寄り集まる大きな大衆酒場。週末のせいか、ひどい混雑だったが、杉山の姿はすぐ見付かった。

指定された一隅に、松葉杖が立て掛けられていたからだ。

杉山の右脚は義足だった。

杉山は少し震える手で、コップ酒を握っていた。

「……親父が転勤が多くて、小学校は転々としていましたよ。だから、成績が良くなるはずはありません。高校のとき、暴走族のリーダーになりましてね。見栄と引き換えに脚を一本持って行かれました」

無精髭《ぶしようひげ》、埃《ほこり》をかぶった髪はともかく、暗い陰険な顔付きは、どう考えても、子供のとき可愛らしい子だったとは思えない。

「──港《みなと》区の大久保《おおくぼ》小学校ですか。ええ、覚えていることは覚えていますがね。何しろ麻布《あざぶ》には一年しかいませんでしたから、その女の子を思い出せるかどうか」

杉山は荒れた手で会社の月報を広げ、珠美のエッセイを読み始めた。

読み進むにつれ、杉山の顔に安らぎの表情が現われ、頬が上気してくるのが多希には判った。

「……思い出しましたよ。あの、珠美ちゃんなんですねえ。子供のときは目が大きくて、フランス人形みたいな顔をした女の子でしたよ。他の女の子のことは覚えていませんが、珠美ちゃんのことははっきりしています。ええ、僕はすぐ近くに住んでいたものですから」

しかし、すぐ、我に返ったような表情になった。

「しかし、僕みたいな悪餓鬼《わるがき》のことを、今でも珠美ちゃんが覚えているなんて、とても信じられませんがね」

「でも、このエッセイに書かれていることは、本当のことなんでしょう」

と、多希が言った。

「珠美さんにカブト虫や花をあげたことがあるんでしょう」

「……それは、ちょっと、違うんです」

杉山は自嘲的に笑った。

「違うって？」

「あれは、珠美ちゃんを喜ばせようとしてやったことじゃないんですよ。あのときは、自分をクラスで目立たせたかっただけなんです」

「つまり……女の子の歓心を買うようなことをしたというんですか」

「でもないんです」

杉山は煙草《たばこ》を嚙むように吸った。

「僕は可愛い女の子を泣かせたかったんですね。珠美ちゃんはクラスでも一番目立つ女の子でしたから、ずっとチャンスを狙っていたんです」

「泣かすチャンスを？」

「ええ。大抵の女の子なら、二人っきりのとき、いきなりカブト虫などを目の前に突き付けると怖がります。それを、無理にポケットの中に押し込むと、きっと泣き出すんです。僕がいつも使っていた手でしたよ」

「けれど——珠美さんは泣きはしなかった」

「そうです。僕は折角《せっかく》のカブト虫をただ取られたように思い、口惜しかったのを忘れません。今、これで読むと、珠美ちゃんの兄さんが昆虫マニアだったんですねえ。僕はそんな兄さんがいたことを少しも知りませんでした」

「じゃ、珠美さんに花をあげたのは？」

「あれは確か、学校の花壇に植えられていた花です。僕はそれを引き抜いて珠美ちゃんに持たせ、花泥棒にして珠美ちゃんが先生から叱《しか》られるのを期待していたんです。しかし、珠美ちゃんを疑う者は一人もいなかった。かえって僕がこっぴどく叱られましたね。僕の悪巧みは二度もはぐらかされてしまったでしょう。それから僕は珠美ちゃんに手を出すことは断念するようになったんです」

「杉山さんの家が火事になったことが書いてありますが……」

「ええ、このとおりの状態でした。しかし、ここでも珠美ちゃんの感想はちょっと外れているんです。確かに、僕は火事の最中、大人と話していましたよ。でも、相手は僕を一人前の人間として扱ってくれていたわけじゃありません。まるで正反対なんです。出火の原因は僕の火遊びに違いないと、皆から疑われていたんです。後になってから、隣りの家の煙草の不始末が原因だということが判りましたが、それまで僕はさんざん嫌な思いをしなければなりませんでした。親父や警察が厳しく攻め立てましたね。僕はすっかり大人を信じなくなったんです。その気持ちがずっと尾を引いていて、暴走族に加わって、大人達を困らすのが面白くて仕方なくなったんです」

「珠美さんなら、杉山さんの言うことを信じたでしょうね」

杉山は淋しそうな顔になった。

「……この世の中で、僕を信じてくれる人がいたんですねえ、少しも知らなかった。もしそれを知っていたら――」

杉山は言葉を切り、コップを口に運んだ。

「今、珠美さんと会いたいと思いますか?」

と、多希が訊いた。

「それだけは堪忍して下さいよ。珠美ちゃんの初恋の人が、こんなうらぶれているなんて――珠美ちゃんだって楽しくはないでしょう。今日のことは、絶対、彼女に言わないでおいて下さい」

多希は旅行したとき撮って来た珠美の写真を取り出した。杉山はそれを手に取って、まぶしそうな目で長いこと見続けていた。

「……どうも、変だな」

「わたしも、そう思う。杉山さんと会っても、謎はちっとも解けやしない」

多希と利夫は同じ感想だった。

「わたし、杉山さんと会うまでは、あなたが言ったように、珠美の初恋の刷り込みが強すぎたので、広重という名が男性の選択にまで影響している。もしかしたら、そうかな、とも思っていたの。でも、実際、杉山さんに会ったら、彼には気の毒なんだけれど、小さな珠美が胸を焦がしたような相手には、とても思えなくなってね」

「僕もそう思う。杉山さんが、珠美さんを困らすことばかり考えていた、と聞いてはなおさらだね」

「珠美は杉山さんの本心に気付かなかったのかしら」

「まだ小さかったから無理もない、自分に好意があると錯覚していただけなのさ」

「……もしかすると、今度の珠美も錯覚しているんじゃないかしら?」

「内田広重に?」

「そう。どうも普通じゃないんだよな」

「ちょっと待てよ……」

利夫は少し考えてから言った。

「今、多希は錯覚だと言ったが、錯覚しているのは案外僕達の方かもしれないぞ」

「連休に東海道を歩いて帰って来た多希が言っていたじゃないか。どうも珠美の知識は当てにならない、って」

「………」

「……そう。何かのとき、珠美は〈五十三枚の東海道を描いたのは広重です〉と言っていたことが気になって利夫に訊いたんだよね。五十三次は宿場の数。だったら、出発の日本橋と、到着の京都の二枚を加えれば五十五枚になるはずだわ」

「そう、広重が描いた東海道五拾三次のワンセットは五十五枚。そんなことは、僕だって知っていた。そのとき、確認のため調べたんだが、広重が死んだのは六十一歳。今考えると、特別年寄りとは言えない」

「ええ、珠美ったら、広重さまなら七十でも八十でも、年齢には関係がない、と言ったわ。それで、後から珠美に訊きただしたんだけれど、どうやら珠美は北斎と広重とをごっちゃにして勘違いしていたらしい」

「僕が言うのはそこだ。本当の広重ファンなら、そんな初歩的な間違いをしでかすかね？」

「……つまり、利夫は珠美が広重を好きなのも、わたし達の錯覚だというわけ？」

「そう。まだある」

「まだ？」

「ほら、その旅行で多希が話していたじゃないか。珠美はげるさんファンだって言うけど、げるさんの新曲も知らない、実に呑気なファンだ、って」

「そうだ……」

「つまり、珠美さんが好きだったという、杉山広重、安藤広重、大広重――こう考えてみると、全部が怪しい」

「そう言えばそうね。……珠美、内田広重君を本気で愛しているのかなあ。何だか心配だよ」

「内田広重が好きだというのも、もしかして、僕達の錯覚かもしれないぞ」

しかし、錯覚ではなかった。

珠美の愛も本物だった。

年が明けると、二人の結婚式の招待状が届いた。

珠美は神々しいほど美しかった。

媒酌人は内田広重が世話になったという、五十代の生物学者。

「……内田広重君は向学心の強い、好青年であります。その読書量と理解力、探求心と思考力は一頭地を抜いておりまして、彼を見るたび後生畏《こうせいおそ》るべしの感を起こさしめるほどなのであります。ただ、難を申しますと、やや俗世間の知識に疎《うと》い。株式と言えば八百屋を連想し、トルコと言えば西アジアの共和国しか知らんのでありまして、はたしてこの好青年が女性に興味を抱くことができるものやら、ただそれが気掛かりでありましたが、意外にも早く、自然の理《ことわり》において、今日の日を迎えることになったのは大きな喜びでありますとともに、あの内田君が、美しすぎる珠美さんを前にして、どのような求愛行動をとることができたのか、それが一番知りたいところであります。孔雀《くじやく》は相手の前に絢爛《けんらん》たる羽を拡げ、鶴はあでやかな舞いを見せ、亀は……」

利夫が多希の肱《ひじ》を突《つつ》いた。

「判ったぞ」

多希はびっくりしてシャンパングラスを落としそうにした。隣りの席にいる靖子が多希を見た。

利夫は少ししてから多希の耳に口を寄せてささやいた。

「なぜ珠美さんが広重という名に拘泥《こだわ》っていたのか、その意味が判ったんだよ」

「？……」

「珠美さんは本当に内田が好きだったんだ」

「そんなこと、判ってるわよ。今日の珠美の表情をご覧」

「だけど、最初、珠美さんはそれを言い出せなかったんだ。古風なことが好き、という珠美さんの趣味として、相手の方から声を掛けてもらいたかったんだね。今まで、僕達が考えていたことと、逆さ。珠美さんは、杉山広重、安藤広重、大広重が好きだから内田広重が好きになったんじゃなくて、内田広重が好きになったから、杉山広重、安藤広重、大広重を好きだという振りをするようになったんだ」

「……………」

「君達三人の旅行の後、珠美さんが、安藤広重が好き、げるさんファンだということは、すぐ社内に広まったと思う」

「わたしが、お喋りだから？」

「靖子さんも相当それには力になったと思うがね。そうじゃない？」

「……そう言えば、靖子は、げるさんが死んで、次に珠美が好きになるのは内田広重君に違いない、そう予言して得意になっていたわ」

「だから、珠美さんは社の月報にも、昔、杉山広重という同級生がいたことを思い出し、杉山広重を初恋の人に作って、その名を内田君の目に止まるようにしたのさ」

「……だから、あの大人しい内田君が、珠美さんに口がききやすくなったわけね」

「つまり、最初に求愛行動を起こしたのは、珠美さんの方だったんだ」

「しっ……あの先生、こっちの方を見たわ。学校の先生って、どうしてこうお喋りが長いんでしょうね」

新婚旅行は関西方面だという。

勿論、珠美の好きな粉屋での一泊も、旅程に入っているはずだった。

青《せい》泉《せん》さん

最初に好感を持ったのは玲《れい》だった。

本当ではないのだが、玲は一応男嫌いということになっている。その玲が青泉《せいせん》さんに求められれば衣服を脱いでモデル台に立ってもいいと言ったので、マスターはグラスを床に落として割ってしまった。

それで、次の日からぼく達は青泉さんに気を付けるようになったのだが、すぐ玲の言うことはもっともだと思うようになった。

年齢は四十前後、いつも何かを楽しんでいるような目は優しすぎるほどで、それとは対照的にがっしりとした顎《あご》のい住《ず》まいに男らしい安定感がある。大きなチェックのセーターと茶の皮ジャンパーはラルフ・ローレンだとマスターが見抜いた。大体、ブリエール仕上げのパイプをくわえるか手に持っていて、決して目立たない身形《みな》りではないのだが、青泉さんが初めて「ピカール」に姿を見せた日は、皆が糸尾《いとお》さんを囲んでわいわいやっていたのだ。

糸尾さんは赤と白の横段のセーターにピンクのジャケットという凄い恰好で、東京の秋葉《あきは》原《ばら》からクラブやパターを一式買い込んで帰って来たばかりだった。

「どうも、これまで一度もグリーンへ出たことのない男だとは見えないね」

と、マスターは感心した。

糸尾さんは彫金師で、朝から晩まで机に齧《かじ》り付いている。運動不足のせいか、一月ほど前、ひどいぎっくり腰を起こし、寝返りも打てない状態になってしまった。それで、一念発起してゴルフを始めようという気になったのだ。

「百回の忠告より一回の痛さだね」

と、完野《かんの》さんが言った。

糸尾さんはいつも完野さんからスポーツをしなければ駄目だと言われているが、その気になったことは一度もなかった。完野さんは沢野《さわの》警察の防犯課に勤め、剣道、柔道、水泳、ゴルフと何でもこなす。

とにかく、無精者の糸尾さんがゴルフを始める気になったのは良いことだと皆が思った。

皆がぴかぴかのゴルフ道具に気を取られていたので、青泉さんが珈琲《コーヒー》を飲んで静かに出て行ったことに気付かなかった。

「ねえ、今のお客さん、見た?」

ピッチャを持って来た玲が言った。

ぼくは青泉さんを見たことは見たが、もうその顔を忘れていた。

玲の他に、青泉さんに注意をはらっていた者が二人いた。一人はマスターで、もう一人はシーソーだった。

「ああ、あの人は味の判る人だね」

と、マスターが言った。

なぜ、味が判るというと、青泉さんは最初、ブラックのまま珈琲を飲み、次に少しだけ砂糖を入れ、最後にミルクを加えたと言う。つまり、一杯の珈琲で三度違う味を楽しむことができるとマスターから教えられたことがあったが、ぼく達の誰もそんなややこしい飲み方はしない。青泉さんはその仕来たりに従ったのだそうだ。

「それよりも、あの人、本物だとは思わない？」

と、玲が言った。

「それは、どうかな」

と、首をひねったのがシーソーだった。

シーソーはあまり売れない絵描きだった。売れないせいか、多少、僻《ひが》みっぽいところがある。普段、男をあまり誉《ほ》めない玲の言葉だから、余計に反対したくなったのかもしれない。青泉さんを強力なライバルに感じたのだろう。

「あら、シーソーさんは気に入らないの」

と、玲が言った。シーソーは難しい顔で答えた。

「あの男は目に力がない。真実を見詰め通す芸術家の目じゃない」

「いいえ、力がないのではなく、温かいんです。真実がよく見えるから優しいんです」

と、玲は退《ひ》かなかった。

その日は、玲とシーソーに判定を下せる者がいなかった。

玲は青泉さんが喫茶店に入る前、隣《とな》りの画材店でスケッチブックを買ったのを見ていた。ただの通りすがりの者だったら、そんな買物はしない。きっと、最近、この土地に住むようになった人だろう。それだったら、青泉さんがまたこの店に寄るに違いない。ぼく達はそのときどちらの言い分が妥当か決めようと言った。

「ピカール」は店の半分が喫茶店で、半分は画材店だった。

マスターは東京の美大を卒業した後、何年か広告宣伝の会社に勤めていたが、人に使われているだけでは満足しない質《たち》だった。父親が経営していた大衆食堂を譲り受けて、現在の店に改築した。同時に、近所の商店主を集めて独特の弁舌をふるい、街そのものも自分好みに改造する仕事に取り掛かった。沢野商店街の一角の歩道に化粧煉瓦《れんが》を敷き、街灯をアンチックな趣味に統一、花壇を作り花を植える。他の店構えも一々《いちいち》口を挟み、一時は相当うるさがられたようだが、やがてその一角はちょっとバタ臭いが、何か文化的な風格をたたえて、小都市には珍しい情趣を持つ街となった。すると、知らない間に若い者が集まる。街に活力が生じると、今迄は反対派だった人達も、進んでマスターの意見を聞くようになった。

ぼくが「ピカール」へ繁《しげ》く足を運ぶようになったのは、マスターの計画が七分通り運んだ頃で、一本の鉛筆を買うにもこの街まで来ると何か高級な品が手に入るように思ったものだ。

ぼくはその頃、やっとこの土地の大学に滑り込み、下宿生活を三年ばかり続けたのだが、とうに勉学の意欲はなくなっていた。ほとんど学校へは出席せず、毎日昼過ぎまで寝ている。起きて「ピカール」でトーストと珈琲。それから、新聞配達のアルバイトからずるずるというようになった新聞販売店へ行く。夕刊の段取りをつけてから、映画を観るかパチンコ屋に入るか、「ピカール」に戻るか、とにかく夜中まで何となく過ごし、再び新聞販売店に行って朝刊の支度をする、といった張りのない毎日だった。

青泉さんが初めて「ピカール」に姿を現わした翌日、ぼくはパチンコ屋にも行かず、「ピカール」でくすぶっていた。シーソーが現われて、いやに難しい話題を話し掛けてくる。こういうときのシーソーは、大抵心に葛藤《かっとう》が生じている。玲にあっさり振られたときがそうだった。

シーソーは病気と言わないまでも、気持ちの高揚と沈降の差が激しい男だ。あるとき、変に心を浮き立たせて、露骨《ろこつ》な態度で玲をホテルへ誘ったものだ。

その直後、ぼくはシーソーに捕まって、わけのわからない芸術論にたっぷり一日付き合わされた。それからシーソーは長い時化《しけ》の状態に入り、何日も「ピカール」へ顔を見せなくなった。

三時になると糸尾さんが散歩にやって来る。凝り性な糸尾さんは話もせずにゴルフの本を読み耽《ふけ》る。

青泉さんが現われたのは、糸尾さんが来てすぐだった。ほとんど昨日と同じ時刻だった。青泉さんはドアを押して中に入ると、壁に掛かっている静物画を見てちょっと首を傾《かし》げ、ゆったりとした足取りで昨日と同じ席に腰を下ろし、胸ポケットからパイプを取り出して火をつけた。炎がパイプの方に曲がるライターだった。

それだけ見て、青泉さんはシーソーが敵《かな》う相手でないことがすぐに判った。玲の目は確かだった。青泉さんはどこから見ても円満でずっしりした安定感があった。一流品を身に着け、それが嫌味でなかった。

「シーソーの絵を見て、首を振っていた」

と、ぼくはそっと言った。

「明日、違う絵を持って来る」

シーソーは顔を赤くした。

「大家《たいか》だな。きっと、有名な人なんだ」

と、糸尾さんもすぐに青泉さんを認めた。

玲が注文を取りに青泉さんの席に近寄った。青泉さんは何か話し掛ける。玲はうなずくと、そのままぼくの方へ来た。

「こばちゃん、あなたの出番よ」

「ぼくが？」

「先生は新聞が取りたいんですって、早く行って注文を聞いて来なさい」

ぼくがあわてて青泉さんの前に腰を下ろすと、

「この街はなかなか便利だね」

と、人なつっこく笑った。

「ええ、狭い街ですから、ここで何か言えば大抵の用が足ります」

と、ぼくは言った。

青泉さんは一般紙とスポーツ紙を指定して、明日から配達するように言い、ぼくに名刺をくれた。真新しい名刺で「大松田《おおまつだ》青泉」という名と住所が印刷されていた。

「六丁目のアトリエと言えば、すぐ判るそうですね」

と、青泉さんは言った。

「知っています。沢野で、アトリエは一軒しかありません」

「たまたま紹介してくれる人があったので、今度からそこに住まうようになったのです」

話はそれだけだったが、すぐぼくは青泉さんが好きになってしまった。シーソーみたいになるのは嫌だが、青泉さんにならば絵を習いたいと思った。

シーソーだけが不機嫌だった。

青泉さんはライバルどころか、シーソーをより小さく見せる対象だったことが判ったからだ。

「大松田青泉なんて、聞かない名だ」

と、シーソーがぶつぶつ言った。

青泉さんが帰ると、マスターが部厚い名鑑を持ち出した。画家の経歴と所属団体と一号の値段が記されている。大松田青泉の名はその本には載っていなかった。

「そんな芸者の玉《ぎょくちょう》帳みたいな本に載るのが嫌だったんですよ」

と、ぼくが言った。

「それは言えるな」

と、マスターもすぐ賛成した。

「きっと、海外で有名なのよ。そんな名鑑のランクを越えている人なのよ」

と、玲が言った。

「しかし、実際に彼の絵を見ないうちは何とも言えない」

と、シーソーが変にしゃっちょこばるので、玲が青泉さんの前なら、モデルになってもいいと大見得を切ったのだ。

「そう言えば、粥谷《かゆや》先生のアトリエがしばらく空いたままだったな」

と、マスターが言った。

粥谷という中堅の画家は、沢野では相当な名士だったらしいが、まだ若いうち、精神に異常を来たして死んだという。それ以来、アトリエには住む者がいない。

「中には幽霊アトリエだという噂もあるが、青泉さんにそんなことを言っちゃいけないよ」

ぼくはマスターに釘を刺された。

「沢野にはアトリエが一つしかない。そんなことは自慢にはならないものね。最近、大工が入っていて、毀《こわ》されるんじゃないかと気掛かりだったけれど、青泉さんのような人が住んでくれれば、それに越したことはない」

五時になって、ぼくは夕刊を持って六丁目のアトリエに行ってみた。

しばらく配達の仕事をしていなかったので、アトリエが手入れされていたとはマスターの話を聞くまで気が付かなかった。

六丁目は郊外で、どの家もゆったりとした敷地を持っている。郊外と言っても、市街を駈け出せばすぐ郊外になってしまうのだが、青泉さんのアトリエは県道から少し入ったところで、静かな環境の中に建っていた。

見ると、庭はすっかり手入れをされ、建物はすっかり白いペンキで塗り直され、窓ガラスはぴかぴか。幽霊アトリエだなどと言われるようなところはどこにもなかった。

青泉さんは庭に出て、段ボウルなどを整理しているところだった。

「お手伝いしましょう」

と、ぼくは言った。

「いや、あらかた済んだからここはいいんだが、左官屋さんを知っているかね」

「ええ、心安いのを一人」

「じゃ、紹介してくれないかね。急ぐ仕事じゃないんだが」

縁先から庭に降りる沓《くつ》脱ぎの下がコンクリートで固められてある。そのコンクリートが大きく割れているのだ。青泉さんは足元が危ないからそれを塗り直してもらいたいと言った。

「モデルを志願している若い子がいるんです」

と、玲のことを話すと、青泉さんは面白そうに笑った。

「じゃ、いずれ紹介して下さい」

「ぼくにも絵を教えてくれませんか」

「本気だと困るな」

「はあ?」

「玲さんの裸を見たいのだったら協力しよう。しかし、本気で絵を描きたいのでは困る」

「どうしてですか」

「私は人にものを教えるほどの人間じゃない」

それが決定打だった。

マスターは自分の珈琲が一番だと言う。シーソーは自分の絵が一番だと思っている。糸尾さんも自分の彫金が一番だと威張っている。

ぼくは青泉さんのような言葉がすらりと出るような人こそ、本物だと思った。玲に続いてぼくが青泉ファンの二号になった。

その後、青泉さんは大体決まった時間に「ピカール」へ顔を出すようになったが、あまり親しくならないうち、突然に急死してしまった。玲がまだモデルにならない、ぼくも弟子にならない青泉さんがアトリエに引っ越して来て、まだ一週間もたたないときだった。

精《くわ》しく言うと十一月二十七日の朝。忘れることができない。ぼくが事件の第一発見者だった。

前の日の夕方、ぼくは夕刊を配達に行って青泉さんと会っている。それが最後になるとは夢にも思わなかった。

配達係はぼくと同じ大学にいる一年生だったが、たまたま休暇を取っていて、代わりにぼくが配達を受け持っていたのだ。

青泉さんは庭に降りて、左官屋の仕事を見物していた。左官屋は沓脱ぎの下を綺麗にコンクリートで塗り、最後の仕上げに掛かっている様子だった。

「お蔭で見違えるようになった」

と、青泉さんはぼくに礼を言った。

左官屋はバケツに水刷毛を突っ込んでじゃぶじゃぶとすすぎ、水を切った。

「一晩で固まりますから、それまでは気を付けて下さい」

と、左官屋が言った。

ぼくが次に廻ろうとすると、青泉さんは呼び止めた。

「ピカールにときどき来ている、目が大きくて、痩《や》せて、髭《ひげ》を生やしている若い男は？」

「ああ、それならシーソーです」

「今度、会ったら言ってくれないかね。こそこそアトリエを覗《のぞ》くような真似をしないでくれと」

「シーソーが、覗きを？」

「そう。一度や二度じゃないんだ。つい今しがたも気が付いてね」

「判りました。よく言っておきます。シーソーもあれで絵を描いているんです。きっと、先生のことが気になって仕方がないんでしょう」

「それなら、きちんと玄関からいらっしゃい。いつでも話し相手になりますよ」

配達を終えるころ、雪がちらつき始めた。

「ピカール」に行くと、シーソーはこの二、三日姿を見せないと言う。

「青泉さんを只者ではないと思っている証拠だな」

と、マスターが言った。

「シーソーは青泉さんに気後れしているんだろう」

「それ、軽犯罪になるわ」

と、玲が言った。

幸い、防犯課の完野さんはいなかった。完野さんは犯罪者であればたとえ識《し》り合いでも容赦しない、融通の効かない性格だった。

雪は夜中になると雨に変わり、良い工合に、二センチほど積もった雪を融《と》かしてくれた。

翌朝、ぼくはまだ暗いうちに販売店を出て配達に廻った。

青泉さんのアトリエに着いたのは五時十分だった。大きな郵便受けに朝刊を入れて去ろうとすると、縁先のガラス戸が一枚開いているのに気付いた。アトリエの電燈が煌々《こうこう》とついて、カーテンも半分ほど開いている。何だか普通ではなかった。

雨はすっかり上がり、雪も残っていなかったが、冷え込みが厳しい朝だった。ガラス戸が開いているのが気になって、ぼくは低い枝折戸《しおりど》を押して庭に入った。そして、カーテンの間からアトリエを見て棒立ちになった。

アトリエの中は血の海で、その中に青泉さんが倒れていた。開いたままの目を電燈が容赦《ようしゃ》なく照り付ける。死んでいる、とぼくは直感した。

近くの公衆電話で救急車を呼んだ。

県道に出ているとすぐサイレンが聞こえて来た。ぼくは救急車をアトリエに誘導し、隊員に事情を話して、一応配達を済ませた。三十分ほどでアトリエに戻ると、アトリエの周囲は車で一杯になっていた。只事ではないと思っていると、何人かの警察官がぼくを取り囲んだ。その中で、一番怖そうな顔をした大男がぼくを訊問した。

「君だね、一一九番に電話をしたのは？」

「そうです」

「どうして、この家に人が死んでいるのが判った？」

「……先生は死んだんですか」

「そう。身体がすっかり冷えていた。死んでから、大分経っているようだ」

「ぼくは、怪我《けが》でもしたんじゃないかと思いました」

「刃物で数個所を刺されているよ」

ぼくはほんとうにびっくりしてしまった。

「じゃ、殺人じゃないですか」

「そのとおり、殺人だ。大松田さんは外から侵入して来た何者かによって殺されたのだ」

さっきは驚くのが先で気付かなかったが、よく見ると、ガラス戸の一部が割られている。犯人はそこから手を入れて、内側の掛け金を外したに違いない。

それからが大変だった。ぼくが先生と言ったので、青泉さんと顔見識りだということが判り、出会いから全部を喋《しゃべ》らされた。

警察官はぼくが庭からアトリエの中を見て、青泉さんが倒れているのを発見したことを不審に思った。どうしてアトリエを覗く気になったのかをしつっこく訊き糺《ただ》した。無断で他人の家の庭に入り込んだことも気に入らないのだ。

ぼくは全てを正直に言ったが、昨夕、青泉さんがシーソーがアトリエを覗くので困ると言ったことだけは黙っていた。

最後にぼくは庭に連れて行かれた。警察官はぼくに沓脱ぎの下を見ろと言った。

コンクリートが踏み荒らされている。

「君、この上に乗ったかね？」

「いいえ、乗りません。昨夕、左官屋さんが修理していたのを知っていますから」

コンクリートにはかなりはっきりとした足跡がいくつも残っていて、鑑識という腕章を着けた捜査員がその周辺を撮影したり寸法を測ったりしている。

警察官はぼくのスニーカーを調べた。幸いなことにぼくの靴の方が大きく、コンクリートなどは附着していなかった。

警察官に言われて、ぼくはアトリエの中に入った。青泉さんの遺体には布が掛けられていたが、警察官はその布を取って、最初見たときはこのままだったかと訊いた。ぼくはそのとおりだと答えた。

ぼくはそのとき初めて青泉さんのアトリエに入った。内装は真新しくいくつものイーゼルやトルソーが引っ越して来たばかりといった感じで置かれている。テレビや換気の機械はどれも最高級品が揃えられていたが、何となく想像していたアトリエとは違う。後になって、その理由が判った。アトリエの中には青泉さんの作品が一点も見当たらなかったのだ。

下宿へ帰ってもなかなか寝付かれない。とろとろとしたところで、電話が鳴った。防犯課の完野さんで、訊きたいことがあるから「ピカール」へ来てくれと言う。警察の訊問はもう沢山だと言うと、シーソーが警察に連行されたのだと打ち明けた。

「ピカール」のドアにはまだ「準備中」の札が出ていた。ドアを押すと、完野さんとマスターと糸尾さんが一つのテーブルに頭を寄せ合っている。

ぼくの顔を見た玲がこわばった表情で、大変なことになったわ、と言った。沢野で殺人事件など起こったことは絶えてなかったに違いない。

「シーソーが捕まったんですって？」

と、ぼくは完野さんに詰め寄った。

「いや、逮捕されたわけじゃない。参考人として事情を訊かれているだけだよ」

と、完野さんは言った。

「まあ、情況によってはそのまま逮捕ということも考えられるね」

マスターは難しそうな顔で言った。

「一体、どうしてそんなことになったんですか」

と、ぼくは完野さんに訊いた。

「青泉さんのアトリエで仕事をしていた左官屋の証言でね。シーソーは昨夕、青泉さんとひどくやり合ったらしいんだ」

「……」

「それまで、ちょいちょいシーソーはアトリエをそっと覗き込んだことがあって、昨夕はとうとう青泉さんが腹を立てた。それを、左官屋が見ていたんだ。左官屋は青泉さんに頼まれて、沓脱ぎのあたりを修理していたそうだ」

「そうらしいですね。ぼくも先生からそれを聞いたんですが、警察には言いませんでしたよ」

「どうして」

「どうしてって、シーソーの悪口なんか言いたくなかったんです」

「こばちゃん、それは違うよ。これは悪口なんかじゃない。真実なんだからね」

「そんなものですかね」

「そうだよ。その上、以前、青泉さんがここにあるシーソーの絵を見て首を傾げたことがある。シーソーはそれをとても口惜《くや》しく思っていた」

「そんなこと、誰が言ったんですか」

「僕だよ。あのとき、僕もちゃんと見ていた」

「どうしてそんなことを言わなきゃならないんですか」

「今も言ったろう。これは悪口じゃないんだ」

「しかし、そんなことでシーソーは人を殺せやしませんよ」

「それは判っている。だが、シーソーは朝方まで酔っていて、アリバイがはっきりしない。それで困っている」

「シーソーが殺したという直接の証拠があるんですか」

「それは、まだ何とも言えない」

ぼくは一応安心した。今のところ、情況はシーソーに不利といった程度らしい。

「青泉先生は独身なんですか。奥さんや兄弟はないんですか」

と、ぼくは完野さんに訊いた。

「つまり、複雑な家庭だとすると、色々のことが生じるわけでしょう」

「うん、近所の人の話だと、引っ越しのときにはかなり多勢が手伝いに来ていたらしい」

「先生はどこから引っ越して来たんですか」

「それはまだ、捜査の段階で、今一課の人達が方々へ散っているところだ」

「先生はお金持ちなんでしょう」

「それは言えるね。あのアトリエも即金で買ったのだし」

「……そういう人はちょっとないでしょう」

「ないね。沢野の人達は土地は持っていても現金はない」

マスターが口を挟んだ。

「とすると、シーソーなんかの存在は小さく思えてくるね。この事件の裏には大きなものが絡んでいるみたいだ」

「そうですよ。人の家を覗くような気の小さい男の仕業じゃないですよ」

「そこでだ。こばちゃん、今朝のことを僕に聞かせてほしいんだ。シーソーを助ける何かがきっとあると思う」

ぼくはまたあれを繰り返すのが億劫《おっくう》だったが、シーソーを救うには他にないようだった。

マスターはぼくの言うことを一心に聞いていたが、話が足跡の件《くだり》になると、俄然、目が輝きだした。

「それだよ、こばちゃん。シーソーは矢っ張り白だ」

と、マスターは言った。

「そんな重要なことを軽々しく断定しちゃ困るね」

と、完野さんは嫌な顔をしたが、警察官としては当然の気持ちなのだろう。

だが、マスターは自信たっぷりといった態度で完野さんに言った。

「その足跡を残した人物が、アトリエのガラス戸を毀して掛け金を外し、中に忍び込んだと考えていいでしょうね」

「……捜査もその方向で進んでいるはずです」

「だったら話は早い。完野さん、もしあなたが犯人だとしたら、現場に足跡を残すでしょうか」

完野さんはちょっと顔をしかめたが残さないと答えた。

「そう、別にミステリーファンでなくとも、現場に足跡を残して立ち去るのは危険だぐらいのことは常識ですね。しかも、この場合、生乾きのコンクリートの上にははっきりと足跡があったという。警察は土の上の足跡などは石膏で保存するんでしょう。今度の事件ではその必要もない。犯人は警察の捜査のお手伝いをしているようなものだとは思いませんか」

「……足元が暗かったら、見逃す場合もある」

「こばちゃん、コンクリートの上は暗かったかね？」

ぼくはアトリエの電燈が明るすぎるほどだったと答えた。沓脱ぎのあたりのガラス戸は開け放されていて、コンクリートの上は充分に見えたはずだ。

「それなのに、犯人は足跡を残している。犯人がコンクリートの生乾きを知らずに、ついその上を踏んだ、と言うのなら、なぜそのまま残して立ち去ったんでしょう。棒か何かで足跡をめちゃめちゃにするぐらい、わけないことでしょう」

「その閑《ひま》がなかったんじゃないかな。人のいる気配を感じたとか」

「しかし、ガラス戸を破ったりする手口を聞くと、犯人は相当良い度胸をしていると思うんですがねえ」

「じゃ、マスターはそれをどう考えているんですか」

「犯人はコンクリートが見えなかったと思うんですよ」

「見えなかった？　そりゃ、おかしいじゃありませんか。たった今、こばちゃんがアトリエの電燈は明るすぎたと言ったばかりだ」

「いや、物は明るくても見えない場合がある。その物が何かに隠れているときは見たくとも見えません」

「………」

「昨夜の天候を思い出して下さい。僕は生乾きのコンクリートを、雪が隠していたと思います」

　今迄、黙って話を聞いていた糸尾さんが、そうだ、昨夜は一時的に雪が積もっていたのを忘れていた、と言った。ぼくも同じだった。マスターが言った。

「犯人は雪の中を歩いて来たのです。そのとき、雪は雨に変わり、積もった雪を融かし始めていたので、犯人は雪の上に足跡を残しても、すぐ雨が消してしまうだろうと安心していたのです。実際そのとおり、こばちゃんがアトリエへ行ったときには雪はすっかり融け、犯人の足跡も消えていた。しかし、雪の下にあった生乾きのコンクリートに付いた足跡は、雪が消えてしまった後でも消えることはなかったのです。犯人は縁先のあたりの雪の下に、生乾きのコンクリートがあるとは思わなかったんですよ」

「……なるほど、マスターの言うとおりだ」

と、完野さんは説得された形になった。

「それで、話を戻しますと、昨夕、シーソーはアトリエを覗こうとしたところを青泉さんに見付かり、言い合いになったのを左官屋さんが見ている。ということは、左官屋が外で仕事をしていたからで、シーソーは左官屋さんがコンクリートを修理しているのを知っていたはずです」

「……当然、ね」

「とすると、シーソーが犯人なら、たとえコンクリートが雪に覆われて見えなくとも、その場所は避けて通ったでしょう。生乾きのコンクリートの上に、自分の足跡を残さないために、ね」

「……そう言われると、シーソーが犯人だとは思えなくなった。じゃ、本当の犯人は？」

「さっき言ったように、もっと大物だという気がします。こばの話を聞くと、アトリエには青泉さんの絵が一点もなかった。それは本当ですか？」

「……そう。捜査課は物盗りの面でも捜査を進めている。確かに、絵らしいものは一つもない。その点が不審だと言っている人がいました」

「アトリエに絵が一点もないなどということは不自然すぎますね。恐らく、犯人はアトリエから全ての絵を運び出したんでしょう」

「とすると、これは計画的な犯行と言えそうだな」

「そう、絵の数量は判りませんが、青泉さんの絵は市場へ出ないことは確かなんです。それが全部アトリエに蒐《あつ》められていたとすると、大変な量になるでしょうね。当然、犯人はトラックの用意もして来たに違いない。また、青泉さんは海外で特に有名だったことも考えに入れなければいけないでしょうね。犯人は外国人だという可能性もあります」

完野さんは身震いして椅子から立ち上がった。完野さんは話が判れば行動が早い。

「捜査本部へ行って、今のことを話して来ます」

シーソーが警察から帰されたのは、それから少したってからだった。

その日のうち、青泉さんを殺した犯人は、警察に逮捕されたのだが、捜査の決め手となったのはやっぱりコンクリートの上に残された足跡だという。

犯人は空巣の常習犯で、二十七日の零時頃、青泉さんのアトリエのガラス戸を切って内側の掛け金を外して忍び込んだのだが、物音に目を覚ました青泉さんと格闘となり、持っていたジャックナイフで青泉さんを刺してしまった。犯人は最初から青泉さんを殺す意志はなく、青泉さんが血に染まって倒れると恐怖に襲われ、ものを盗む気力が失せてそのまま現場から逃走した。コンクリートの上に残された足跡については、マスターの言うとおり、庭は雪に覆われていて、犯人がその下に打ち立てのコンクリートがあるとは思わなかった。そのとき、雪は雨に変わっていたので、庭に残した足跡はすぐ消えてしまうと思い、特に気にしなかったのだ。

犯人は警察のリストに載っているほどの常習犯なので、特に指紋と足跡を現場に残さぬよういつも注意していた。それなのに、足跡から割り出されたというので、犯人は説明を聞くまで相当悩んでいたそうだ。

以上が、夕方のテレビに報道された事件の内容だったが、勿論《もちろん》、それだけでぼく達は納得しなかった。

「警察は青泉さんの作品が持ち去られたという発表を差し控えているに違いない」

と、マスターは言った。

「もしかすると、国際的な規模の犯罪になっているんだな、これは」

それで、ぼく達は完野さんが「ピカール」へ来るのを辛抱《しんぼう》強く待った。

その間にシーソーに電話を掛けてみると、今度のことが非常にショックだったようで、しばらくはそっとして置いてほしいと蚊の鳴くような声で言った。

完野さんが「ピカール」へ来たのは八時過ぎだった。ぼく達は気負い立って色々なことを質問したのだが、完野さんは報道以上のことを答えなかった。

「マスターはミステリーの読み過ぎだよ」

と、完野さんは言った。

「どこかの国で革命軍が蜂起《ほうき》の準備をしていてさ、その軍資金として、秘密の裡《うち》に青泉さんの絵が動かされている、というようなことを想像しているんだろう」

「そう、その国は米ソの間に微妙な力を持っていてさ。だから、双方の国のスパイがここに集まって事件は複雑に入り組んでいる。そんで警察もうっかりしたことが発表できないでいるんでしょう」

「どうも困ったね」

と、完野さんは玲に言った。

「マスターの妄想も、ときにはヒットすることがあるんだがな。足跡とコンクリートとの結論は感心したけれど、今のは大振りの三振。玲ちゃんが最初ここに来たときのことを覚えているだろ。マスターはきっとこの子は日本国首相の落とし胤《だね》だと言った。あれと同じさ」

「じゃ、青泉さんのアトリエから絵が消えてしまった説明がつかない」

完野さんは深々と腕を組んだ。

「それには、青泉さんの経歴を話すのが、一番判り易い」

完野さんの説明はこうだ。

青泉さんの本名は大松田健司《けんじ》といい、東京の下町で生まれた。

父親は町工場の工員で、あまり恵まれた生活でないことは、青泉さんが高校を卒業していないことからでも判る。しかし、青泉さんは学生時代、成績はいつも首席で、特に絵を描くのが好きで、特出していた。

中学を卒業すると、青泉さんは父親と同じような職業についたのだが、その年、ある製菓会社で菓子のパッケージの懸賞があり、たまたま応募した青泉さんの作品が特選に入賞した。

「青泉さんの才能は、幸運にも若いときに認められたのです。それからは、とんとん拍子でした」

と、完野さんは言う。

「まず、その製菓会社から引き抜かれて、二十代ですでに宣伝部長になっていました。青泉さんには特殊な才能があったんです。ファンシーパッケージと言うんでしょうかね。子供が飛び付きそうな、ちょっと風変わりで洒落《しゃれ》た包装を創り出すのが得意で、青泉さんのために、会社の業績がぐんと上がったといわれます」

普通、そうした男はとかく癖が強く出易い。出世が早いと同時に、敵も多く作りがちだが、青泉さんはそうではなかった。逆に、若さが足りないと評されるほど円満な人格だった。

「誰かさんも見習うといい」

と、完野さんは余計なことを言ったが、ぼく達皆はそれぞれに思い当たる点があったせいか、異議を挟む者はいなかった。

「青泉さんは三十代前半で、独立して会社を創りました。これも、製菓会社に辞表を出したんじゃあない。多勢の人達に推されて社長になったんですから珍しい。それが、今の〈株式会社ＳＤ製作所〉なんです」

マスターと糸尾さんはＳＤ製作所の名を知っていた。それほど有名なのだ。ＳＤ製作所の宝石箱は定評があって、高級品には必ずその製品が使われているという。

「ＳＤ製作所の社長なら、アトリエの一軒や二軒、即金で買っても不思議じゃない」

と、糸尾さんは言った。

「だから、青泉さんは品物のパッケージにはいつも関心を持っていて、青泉さんが最初、ピカールへ来たとき、シーソーの絵を見て首を傾げたのも、絵の出来がどうこういうんじゃない、絵の額にもっと工夫したらいいと思ったんだそうです。青泉さんの会社の社員が、シーソーの絵を見て浮かんだアイデアを、よく検討するように、と言われたそうですよ」

「なるほど、額縁もパッケージの一種だ」

と、糸尾さんが言った。

「段々判ってきた」

と、マスターが言った。

「つまり、青泉さんは日曜画家だったんだ。趣味でお金には困らない。だから、作品を世に出して売る考えはない」

ぼくも口を挟んだ。

「いわゆる、プロでない人達でも、大物は沢山いますよ。アンリ・ルソー、MCエッシャー……」

「そうだ。皆、凄い仕事をしている。価値のある作品なら、プロもアマもない。一体、青泉さんの絵はどこへ消えてしまったのか」

完野さんは、このとき少しばかり淋しい顔になった。

「捜査課でも、それが大変に問題になったようです。もっとも、革命軍の資金になったと言う人はいませんでしたがね」

「それで、絵の謎は解けたわけ？」

「ええ……青泉さんの絵は、元々、アトリエにはなかったんです」

「じゃ、倉庫か何かに保管してあった？」

「いえ、遺族の方に訊いて、青泉さんの絵は一点もないことが判りました」

「………」

「青泉さんは一枚の絵も描いたことがなかったんですよ。青泉さんの作品は、これから、あのアトリエで制作されるはずでした」

そのときのぼくの気持ちをどう表現したらいいのか。相当に手強い相手のボクサーが、リングの上で急に消えてしまった、ちょうどそんな感じだった。

「青泉さんは元々絵を描くのが何より好きな人でしたが、小さいときには碌《ろく》に絵の勉強ができなかった。一人前になってからは、激務に追われどおしで、落ち着いて趣味を楽しむどころではなかった。そして、やっと、最近だそうです。会社が軌道に乗り、時間的にも余裕を持てる身体になった。それで、青泉さんは若いときから持ち続けていた夢を実現しようとしたんですよ」

「……でも、青泉さんのあの姿は、一枚も絵を描いたことがないとは見えなかった」

と、マスターが言った。

「糸尾さんがそうだったじゃありませんか」

完野さんにそう言われて、ぼくは全てを納得した。

世の中には、何かをしようとするとき、まず行動を起こす人と、形から入ろうとする人とがいる。

好き同士だったら、前後の考えもなく同棲《どうせい》してしまう人。きちんと結婚式を挙げてからでないと気が済まない人。

糸尾さんは後者のタイプで、ゴルフに気が向くと、まず、全ての道具を揃え、服装もゴルフにふさわしいものを買い込まなければいられない。

一度もグリーンへ立ったことがない人だとは見えないほどに、だ。

「青泉さんも糸尾さんと同じように、形から趣味に入って行く人でした」

と、完野さんは言った。

「青泉さんが真剣に取り組んで来た仕事がパッケージでしょう。絵を描こうとしたとき、まず画家にふさわしい外装から取り掛かろうとしたことに不思議はありませんね」

青泉さんのアトリエ、揃えられたトルソー、イーゼル。ラルフ・ローレンのコスチューム、ブリエール仕上げのパイプ、青泉という号、新しい名刺……最初に、形を決めなければならない。全て、一流品を揃えてだ。

そのアトリエで、青泉さんが一枚の絵も描かなかったということを考えると、ぼくは締め付けられる思いになった。


ぼく達は青泉さんの告別式に参列した。

短い期間だが、最初に青泉ファンになった玲も一緒だった。

青泉さんの遺影はネクタイをきちんと締めていて、どう見ても本物の実業家だった。

青泉さんがぼくに残してくれたもの。何かを勉強したいという気持ちを大切にしなければならないと思った。

ぼくはそれからだらけた生活を打ち切り、無事大学を卒業して、まあまあの会社に勤めるようになった。

だが、「ピカール」へはずっと通い続け、玲に正式に結婚を申し込んだ。

青泉さんが死んで、三年後だった。
結婚式の前、ぼく達はそっと青泉さんのお墓に結婚を報告した。

解説

櫻田智也

泡坂妻夫《あわさかつまお》さんのノンシリーズ短編集のなかで、ぼくが最初に読んだのが『ダイヤル7をまわす時』だった。泡坂作品は、しばしば本格ものと広義のミステリに分けて言及される。その隔《へだ》てに左右されることなく、泡坂ワールドのすべてを愉しみ、愛することができたのは、この本に出会えたからだと思う。一九七九年から八五年という、比較的長い期間にわたり発表された短編が収められ、作風の変化とひろがりを、なだらかに感じとることができる。

九〇年代半ば、学生だったぼくは綾辻行人《あやつじゆきと》さんの『十角館の殺人』を読み、ミステリのジャンルについて意識するようになった。そして『十角館』を起点に本格ミステリにはまった多くの人たちと同様、作中に登場する作家名をたよりに、古典の名作へ手をのばしていった。この時期の最大の失敗は、『Xの悲劇』にはじまるエラリー・クイーンのレーン四部作を、よりにもよって四作目の『レーン最後の事件』から読んでしまったことである。

それはそれとして、最終的にもっとも魅《ひ》かれた海外のミステリ作家は、『十角館』には名前の登場しないチェスタトンだった。シャーロック・ホームズの『冒険』や『復活』といった勇ましさより、チェスタトンが生みだしたブラウン神父の『童心』『醜聞《しゅうぶん》』といったタイトルに好ましさを感じていたぼくは、大学生協の書籍の棚に「狼狽《ろうばい》」という語を含んだ背表紙をみつけ、直観を得てその本を購入した。『亜《あ》愛一郎《あいいちろう》の狼狽』――泡坂さんとの出会いだ。

当時は、創元推理文庫で『11枚のとらんぷ』『乱れからくり』『湖底のまつり』の初期三長編と、デビュー作を収めた『狼狽』が復刊されていた。それらを読み終え手にとったのが、光文社文庫版の本書だった。奥付の発行年が九〇年なので、まだ入手が容易だったのだろう。単行本版の発売は八五年。ノンシリーズ短編集としては、『煙の殺意』『ゆきなだれ』につづく三冊目にあたる。前者は、パズラーとしての構図――ひとつのアイデアをいかにして美しいミステリに仕立てあげるか――にこだわり尽くした本格推理の傑作集。後者は、悲恋や情愛を主題に、追憶と現在が破格の奇想によって結びつく、名編揃いの作品集だ。

出版順は前後するが、収録作の発表時期でいえば、それら色の異なる先行二作品をグラデーション的につなぐのが、この『ダイヤル7をまわす時』だともいえる。多様に枝分かれする泡坂ミステリの分岐点を内包するといってもいい。『狼狽』に震えるほど感動し、亜愛一郎の魅力にとり憑《つ》かれていたぼくは、本書に触れて「シリーズ以外の短編でも、これほどおもしろいものを書くのか」と、泡坂妻夫その人の魅力にとり憑かれてしまった。本名の厚川《あつかわ》昌男《まさお》（氏の筆名は本名のアナグラムである）として奇術界で名を馳せていると知れば、専門的な解説書まで買い求め、氏が考案したコイン移動の超絶技巧（これまた奇想といっていい）に呆れもした。

ところで――本書のタイトルに含まれる「7」について、じつはこれまで、読みかたが明らかになっていなかったそうである。このたび編集部から、ご遺族に問い合わせたところ、「セブン」との回答が得られたという。ぼく自身は、洋画『ダイヤルMを廻せ！』の連想から、勝手にそう読むものと思い込んでいたので、これを聞いてほっとした。

タイトルにかけたわけではないだろうが、収録作は全七編。いずれもトリックとロジックに彩《いろど》られた、泡坂流パズラーの逸品たちである。

表題作と呼べる「ダイヤル7」は、光文社『小説宝石』誌上に〈懸賞つき犯人当て〉として発表され、一九七九年十一月号に〈問題編〉が、十二月号に〈解決編〉が掲載されている。賞金は三十万円。ぼくが二〇一三年に受賞したミステリーズ！新人賞の賞金と同額だ。貨幣価値のちがいを考慮に入れずとも、なかなかの大盤振る舞いではないか。読者に対して〈犯人の名前〉と〈そのように推理する理由〉を募り、結果として応募総数二四一九通のうち正解が一八二。抽選で三十名に、一万円ずつを送るとされた。

亜愛一郎シリーズや『煙の殺意』といった短編集を念頭に置くと、泡坂さんの作風で犯人当てというのは意外な感じもする。それらの収録作には、誰が犯人かということよりも、意外な動機を含めた事件の構図全体にフォーカスする、いわば絵解きの物語が多いからだ。しかし視線を『11枚のとらんぷ』や『乱れからくり』などの長編に移してみれば、それらがエラリー・クイーン流の手堅い——なのにどこか煙《けむ》に巻かれたような気がする——謎解き小説であると気づく。本作においても、クイーンばりに跳躍する理詰めが展開され、閉じた世界における犯人当ての興趣と、その先に視界が開けるツイストを存分に味わうことができる。

唯一の問題は、ダイヤル式電話をつかったことがないと、そこに関する鑑識の説明がピンとこない点だろう。その場合、犯人は7を含む番号に電話をかけた——という前提だけ素直に飲み込んでおけば、推理の理解が損なわれることはない。

なお、雑誌掲載時の解決編の末尾には、泡坂さん自ら「蛇足」として、犯人の名に関する、ちょっとした趣向が記されていた。いかにも著者らしい遊びなので(ヒントはすでに記した)読後検討してみてほしい。

「芍薬《しゃくやく》に孔雀《くじゃく》」は、装飾された遺体というクラシカルな命題を扱った作品だ。船旅中に知り合った三組六名の男女。ひとりが殺され、遺体のあちこちから、なぜかトランプの札がみつかって……。マジシャン・泡坂妻夫らしく、稀覯品《きこうひん》のカードを題材にしているが、真相は奇術趣味に偏るわけでなく、チェスタトン流ロジックに忠実なパズラーに仕上がっている。捨て推理もよくできていて、それが終盤にちょっとした効果をもたらすのが心憎い。

向かいの団地のベランダから聞こえる甘い声。垣間みえる男女の交情。やがて言葉の端々に不穏さが覗きだし……。これからどうなるのだろう？ そう思ったときには、すでになにかが起きていて、真相はとっくに読者に暗示されている——サスペンスにはじまり本格に着地する「飛んでくる声」も充実の作だ。本格ミステリにおける論理構築の要《かなめ》は、探偵が疑念を抱くきっかけの提示にあるが、本作のそれはきわめてシンプルで申し分ない。

もっとも短い「可愛い動機」は、人の死を扱いながらも、ひと刷毛《はけ》で描いたような清々しさを感じる好編。光文社文庫版の縄田一男《なわたかずお》さんの解説には、松本清張《まつもとせいちょう》さんの中編「疑惑」と同じ題材（実際の保険金殺人）を扱ったとある。であれば本作は、社会派の巨人に対する泡坂さんなりの返歌だったかもしれない——。

そう考えたとき、思い浮かぶのは『狼狽』所収の「黒い霧」という短編だ。タイトルは清張さんのノンフィクション作品を直接連想させ、トリックも五〇年代に発表された、ある清張短編と発想がよく似ている。清張さんの先行短編が、リアリティの濃い舞台設定に奇矯《ききよう》なトリックをもち込んだのに対し、「黒い霧」は作品世界のトーンがトリックとマッチして、秀逸なドタバタ劇となっていた。

本作においても、「この題材は、ぼくだったら、こう仕立てるけどね」と、演出家・泡坂妻夫の笑みが覗くようだ。加えて「可愛い動機」というタイトルからは、社会派推理と本格推理とでは、扱う〈動機《ホワイ》〉の質が異なるのだという主張が、控えめながらも聞こえてきはしないだろうか。

「金津《かなづ》の切符」は、視点人物である箱夫《はこお》の造形がよく、その彼が、次第に不穏な考えにとり憑かれてゆくさまを眺めるのは、じつにつらい。倒叙ものとしては、なかなか洒落《しゃれ》たラストであり、その結果生じる、なんともいえない悲哀と可笑《おか》しみは、著者から箱夫にかけられた恩情だったかもしれない。

友人の珠美《たまみ》が憧れるのは、どうやら名前に「広重」という字が含まれる男性ばかり。そんな彼女が交際をはじめたのは、内田《うちだ》広重《みつしげ》という目立たない同僚で……。収録作中、泡坂流ロジックの真髄をもっとも味わえる会心作が、唯一犯罪を描かぬ「広重好み」だ。恋とミステリは相性がよい。乱れた心が視野を狭め、ただひとつのものしかみえなくなったとき、そこに正気と常識の枠からはみでた〈奇妙な論理〉が生まれる。シンプルすぎて理解が及ばない——チェスタトン的逆説を完全にわがものとし、そこから説教と教訓を剝ぎとってつかいこなす作家、それが泡坂妻夫である。……ちなみに本作のほうが、「ダイヤル7」よりも、じつはよっぽどタイトルの読みかたが悩ましい。

掉尾《ちょうび》を飾る「青泉《せいせん》さん」は、殺人事件を扱ったオーソドックスな本格推理として展開されながら、終盤で主眼となる謎がスライドし、不意に〈ホワットダニット《なにが起きていたのか》〉のミステリが姿をあらわす。ホワットダニットには、読者が最初から「なにが起きているのだろう?」と状況の謎を認識できるサスペンス風の型と、いざ推理の場面に至って、主題となる謎の存在に気づかされるという、二種の型があると思う。泡坂流は後者で、洗練された伏線の技術により、ほとんど芸術品になっている。思えば、ぼくがデビュー短編「サーチライトと誘蛾灯」で試みたのは、まさにこの手法だった。新人賞の応募時は「新しい工夫だ！」とご満悦だったのだが、なんのことはない、泡坂さんの掌《しょうじょう》上で浮かれていただけだったのである。

本書は、基本的にはトリッキーな本格もので構成され、殺人を扱った作品が多い。だが読者によっては、刑事事件の絡まぬ「広重好み」や、事件の外側で人の心の不思議を描いた「可愛い動機」「青泉さん」などに、むしろ感慨を抱くことだろう。そのときあなたは、かつてのぼくと同じように、豊潤な泡坂ワールドの入口に立っているにちがいない。

今後、創元推理文庫では、泉鏡花賞受賞の『折鶴』と、直木賞受賞の『蔭桔梗』の復刊が予定されている。恋愛模様や職人世界を描き、一般には広義のミステリに分類されるだろうが、いずれも衣の下に本格の刃を隠した、キャリア中期における二大到達点だ。

ミステリという語が裾野を大きくひろげた現在においては、本書を含め、近年顧《かえり》みられることの少なかった作品のほうにこそ、新たな読者を獲得し得る魅力があるようにさえ思う。

泡坂妻夫さんのことを、ともに語れる友人を、ぼくはいつだってさがしている。

初出一覧

「ダイヤル7」「小説宝石」一九七九年十一、十二月号
「芍薬に孔雀」「週刊プレイボーイ」一九八〇年十一月十一日号
「飛んでくる声」「週刊小説」一九八一年四月十日号
「可愛い動機」「小説推理」一九八五年三月号
「金津の切符」「小説宝石」一九八三年九月号
「広重好み」「小説宝石」一九八四年九月号
「青泉さん」「小説宝石」一九八五年九月号

『ダイヤル7をまわす時』は一九八五年、光文社より刊行されました。なお、本書は一九九〇年刊の光文社文庫版を底本としました。

現在からすれば穏当を欠く表現がありますが、著者が他界して久しく、作品内容の時代背景を鑑みて、原文のまま収録しました。

検 印
廃 止

著者紹介　1933年東京生まれ。奇術師として69年に石田天海賞を受賞。75年「DL2号機事件」で第1回幻影城新人賞佳作入選。78年『乱れからくり』で第31回日本推理作家協会賞、88年『折鶴』で第16回泉鏡花文学賞、90年『蔭桔梗』で第103回直木賞を受賞。2009年没。

ダイヤル7をまわす時

2023年2月17日　初版
2023年3月31日　再版

著 者　泡《あわ》　坂《さか》　妻《つま》　夫《お》

発行所　(株)　東京創元社
代表者　渋谷健太郎

162-0814/東京都新宿区新小川町1-5
電 話　03・3268・8231-営業部
　　　　03・3268・8204-編集部
U R L　http://www.tsogen.co.jp
暁印刷・本間製本

ISBN978-4-488-40226-6　C0193